Zwischen Tränen und Einsamkeit, Nähe und Verbundenheit

Von Hannah Laerkin

Buchbeschreibung:

Das Leben ist ein Geschenk, meint Karla, Mitte fünfzig, da sie glaubt, endlich von ihren Depressionen geheilt zu sein.

Ihre Oma Wilma, die mit ihren sechs Kindern, darunter Karlas Mutter Emma, am Ende des zweiten Weltkrieges nach dem Tod ihres Mannes aus Breslau bis in ihre Heimatstadt Waltfeld flieht, litt ebenso unter Depressionen wie Emma, die als Kind bzw. Jugendliche die Schrecken des Krieges hautnah miterlebte. Ein Teil der Lebensgeschichten der drei Frauen wird hier geschildert.

Über die Autorin:

Hannah Laerkin ist ein Pseudonym.

Der Roman, in Anlehnung an ihre eigene Familiengeschichte, wird zum ersten Mal veröffentlicht.

Zwischen Tränen und Einsamkeit, Nähe und Verbundenheit

Eine Familiengeschichte

Von Hannah Laerkin

FSC
www.fsc.org
MIX
Papier aus ver-
antwortungsvollen
Quellen
Paper from
responsible sources
FSC® C105338

Bibliografische Information der Deutschen
Nationalbibliothek:

Die Deutsche Nationalbibliothek verzeichnet diese Publikation in der Deutschen Nationalbibliografie, detaillierte bibliografische Daten sind im Internet über http://dnb.dnb.de abrufbar.

1. Auflage, 2018

Covergestaltung: Familienarchiv Hannah Laerkin

Herstellung und Verlag:

BoD – Books on Demand, Norderstedt

ISBN: 9783752830187

Hannah Laerkin

Zwischen Tränen und Einsamkeit, Nähe und Verbundenheit

Eine Familiengeschichte

Für unsere Ahnen

1. Prolog

Wir schreiben das Jahr 2017. Donald Trump ist Präsident der Vereinigten Staaten von Amerika. Der Albtraum schlechthin! Großbritannien steht wegen seines von der Mehrheit des Volkes gewählten Austrittes aus der Europäischen Union mit dieser in Verhandlungen. Emmanuel Macron ist neuer Präsident von Frankreich und in Deutschland stellt sich Angela Merkel der Wiederwahl.

Ich, Karla, bin jetzt Mitte fünfzig, lebe in Deutschland und habe schon einiges erlebt. Meine Eltern mussten am Ende des Zweiten Weltkrieges aus ihrer Heimat Breslau und Posen fliehen, ihr Ziel war es zu überleben. Beide sind in Westdeutschland angekommen, haben sich in den Fünfzigern in der kleinen Stadt Waltfeld kennen und lieben gelernt. Der Krieg hatte die zwei schwer traumatisiert. Ein Trauma ist eine starke seelische Erschütterung, das durch körper-

11

liche oder seelische Gewalt hervorgerufen wird und nicht verarbeitet werden kann. Nach neuen Erkenntnissen wurden diese Traumata oft an die nächste oder auch noch übernächste Generation weitergegeben, die sich gar nicht erklären konnte, warum sie Depressionen, Ängste und mehr entwickelt hat. Bei mir war es so.

Dies ist ein Teil der Geschichte von mir, meinen Eltern und Großeltern.

Ich lebe in Deutschland und freue mich, dass es mir nach all der dunklen Zeit endlich gelungen ist, Licht und Leichtigkeit in mein Leben zu bringen. Wie? Das möchte ich erzählen.

2. Mein Leben im Jetzt

»Schau mal, Henri. Mittlerweile gibt es so viele Bücher über transgenerationale Weitergabe von Traumata. Ich bin so froh darüber, dass das nun bei vielen Leuten angekommen ist und auch angenommen wird«, sage ich, Karla Genera zu Henri, meinem Ehemann .

»Ja, ja. Was ist daran so toll? Mich interessiert dieser ganze Psychokram wenig. Warum sollte ich mich damit beschäftigen? Ich kann das Ganze doch nicht mehr ändern. Es ist, wie es ist. Fertig!«

»Da möchte ich dir entschieden widersprechen. Ich kann es zwar nicht mehr ändern, dass so viele Menschen durch den Krieg traumatisiert wurden und seelische Verletzungen davongetragen haben, aber ich kann dazu beitragen, dass vielen bewusst wird, warum sie bei manchen Handlungen so merkwürdig reagieren. Schau doch mal dich und deinen Vater an. Der hat früher mindestens zwölf Stunden täglich wie bekloppt gearbeitet und du machst das genauso. Ihr wollt doch irgendwas kompensieren, wenn auch unbewusst und was auch immer. Aber so etwas wird totgeschwiegen. Familienaufstellungen sind da sehr hilfreich, finde ich. Möchtest du nicht auch mal mitmachen?«

»Ich? Nein, danke. Wenn ich irgendwas sagen soll und mir fällt nichts ein, nee, grässlich. Du kannst gerne teilnehmen, nimm meinetwegen Astrid und Luise auch noch mit, aber mich auf keinen Fall!«

Astrid und Luise sind unsere Töchter, geboren in den 90er Jahren des zwanzigsten Jahrhunderts. Astrid lebt zusammen mit ihrem Freund in einer Wohnung. Luise hat ihr Zimmer bei uns, ihren Eltern. Sie ist zur Zeit Single, beschäftigt sich intensiv mit ihrer Ausbildung.

»Wovor hast du denn Angst? Vielleicht, dass du mit deinem Innersten in Berührung kommst und dich damit nicht auseinandersetzen möchtest? Könnte ja zu Veränderungen führen«, füge ich spitz hinzu.

»Ja, ja, du hast Recht und ich meine Ruhe.«

»Ist ja wieder ganz toll. So ein richtiger Empathieblocker! Meine Güte. Nimm doch mal an einem Wochenende für Männer teil: Einführung in die gewaltfreie Kommunikation. Aber nein, bloß nichts Konstruktives! Mann, bin ich genervt!«

Ich denke an meine verstorbenen Eltern, deren Zusammenleben nach meiner Wahrnehmung ziemlich schwierig war. Mein Vater Heinrich, zwanzig Jahre älter als meine Mutter Emma, war sehr ruhig und in sich gekehrt. Er hat kaum gesprochen, Kriegszeiten waren tabu. Meine Mutter war der Wirbelwind, wir nannten sie den Feldwebel, klein und durchsetzungsfähig. Der Zweite Weltkrieg mit Flucht und Vertreibung aus der Heimat, Verlust des geliebten jüngeren Bruders und des Vaters hatten sie stark traumatisiert. Vielleicht war Heinrich Vaterersatz für

15

sie. Heinrich war vor dem Krieg schon einmal verlobt, hat aber nie davon erzählt, wie es seine Gewohnheit war. Wer weiß, vielleicht gibt es irgendwo noch Halbgeschwister?

Oma Wilma und Mama Emma litten unter Depressionen. Diese wurden zwar bei beiden während ihres Lebens nicht offiziell von Ärzten festgestellt, jedoch lassen sich im Nachhinein einige ihrer Verhaltensweisen damit erklären. Psychotherapien aufgrund von Kriegserlebnissen waren sehr selten, auch noch nicht anerkannt und psychische Probleme wurden von den Betroffenen nicht offen kommuniziert und auch verdrängt aus Angst, dass sie für verrückt gehalten wurden. Die vermeintlich gute Meinung der Leute bzw. der Gesellschaft über ihre Mitbewohner hatte Vorrang vor den Problemen, die Schatten auf das eigene Leben hätten werfen können. Gefühle wurden unterdrückt, negative Gedanken mit jammern und meckern umgesetzt.

Die Geschichte wiederholt sich so lange, bis jemand die üblichen Muster durchbricht und anders als bisher reagiert. Ich habe mich ganz langsam aus dem Schatten ins Licht gearbeitet und hoffe, dass ich jetzt von den Depressionen geheilt bin.

3.   Breslau 1945

»Los, los, beeilt euch«, ruft Wilma durch den Flur ihres Hauses ihren sieben Kindern zu.

»Seid ihr fertig mit Koffer packen? Nehmt nur das Nötigste mit! Und zieht euch warm an, es herrscht eisige Kälte. Der Russe ist bald hier! Wir müssen weg!«

»Mama, ich will nicht weg, will hier bleiben in unserem schönen Haus.«

Bernie, mit vier Jahren der Jüngste, kann nur unter Tränen sprechen. Wilma hält inne und nimmt ihn in ihre Arme. Sie fängt selbst an zu weinen. »Hörst du das da draußen? Lauter Flieger und Bomben. Wenn wir hierbleiben, werden wir über kurz oder lang verhaftet und getrennt oder wir sterben. Der Papi ist schon tot und wir konnten uns gar nicht von ihm verabschieden. Wir werden jetzt zu deiner Oma und deinem Opa nach Waltfeld gehen. Da bin ich aufgewachsen und wir werden dort bleiben, alle zusammen!«

Bernie schnieft und umarmt seinen Spielzeugbären. »Kann Teddy mitkommen? Er hat Angst, wenn er ganz alleine hier bleibt!«

»Aber natürlich kann Teddy mitkommen«, sagt Wilma. »So, ich glaube, ich bin fertig mit packen. Die wichtigen Papiere und warme Sachen habe ich.«

Draußen in der Ferne brummt und pfeift es. Das sind die Fliegerbomber. Die Kinder stehen mit ihren Koffern im Flur. Sie ziehen sich ihre Mäntel, Mützen, Schals und warme Stiefel an und werfen einen letzten Blick in die Zimmer und ins Haus.

»Auf Wiedersehen, Haus«, sagt Bernie. »Wir sind bald wieder da.«

Wilma zuckt zusammen, als er das sagt, überspielt es mit einem unechten Lächeln und gibt Bernie Recht. »Ja, wir sind bald wieder da.«

Wilma zeigt ihre Trauer nicht! Sie kann und will es nicht für ihre Kinder. Sie will stark sein und sich und die Kinder retten, indem sie alle fliehen. Wer weiß, was sie sonst hier noch erwartet? Wahrscheinlich der sichere Tod. Es gibt nur diese eine Chance. Flucht in die ehemalige Heimat. Aber was ist für sie Heimat? Dort, wo sie geboren wurde oder hier, der Ort, den sie geliebt hat, solange ihr Mann noch bei ihr war? Was für einen Sinn hat dieser furchtbare Krieg? Familien werden auseinandergerissen. Väter, Mütter, Kinder sterben. Und warum? Weil ein einziger Mann und seine Gefolgschaft so viel Hass aufgebaut haben. Es wurde so viel Hass gesät, dass nur noch mit eben so viel geantwortet wird. Wilma ist verzweifelt! Sie darf ihre Trauer nicht zeigen und muss versuchen, ihre Kinderschar in den Frieden zu führen. Was für eine Aufgabe! Eigentlich ist das alles zu viel für sie. Aber sie darf sich jetzt keine Schwäche anmerken lassen. Sie muss Zuversicht zeigen. Vielleicht kann sie irgendwann einmal ihr Haus wiedersehen. Wer weiß? Im Moment hat sie andere Sorgen.

»Habt ihr das Essen eingepackt, das wir noch übrig hatten? Ich kann euch nicht sagen, wann es wieder etwas gibt. Dann lasst uns jetzt gehen.«

Sie murmelt leise ein auf Wiedersehen, öffnet die Haustür, lässt ihre Kinder nach draußen in die Eiseskälte. Die Tür fällt ins Schloss. Sie schließt ab. Ihr Schlüssel gleitet in ihre Manteltasche. Auf geht´s. Die Familie marschiert Richtung Westen davon.

Einige Wochen später: Es ist immer noch sehr kalt, alle sind schwach und kommen nur langsam voran. Andere Flüchtlinge in ihrem Treck haben angeboten, die Koffer auf ihrem Holzanhänger zu transportieren, den ein paar schwache Pferde ziehen.

Der kleine Bernie, der neben Wilma her trottet, sagt zu ihr: »Mama, mir ist so kalt! Ich will nicht mehr laufen. Wann ist endlich Frieden und wir wieder zu Hause?«

Wilma reißt es fast das Herz heraus. »Bald, mein Kleiner, bald.«

»Ich habe solche Halsschmerzen!« Wilma fühlt die Stirn des Kleinen, die ganz heiß ist.

Er hat hohes Fieber, ein faulig süßlicher Geruch wird aus seinem Mund verströmt.

»Ferdinand, Egon und Erwin. Würdet ihr bitte abwechselnd unseren Bernie tragen? Ich frage mal, ob jemand eine Decke übrig hat, um ihn wenigstens ein bisschen warm zu halten. Bitte, lieber Gott, lass es endlich wärmer werden.«

Wilma bittet ein paar andere Flüchtlinge um eine zusätzliche Decke.

»Sie können Ihren Sohn oben auf den Pferdekarren legen. Vielleicht fühlt er sich dann ein bisschen besser«, sagt ein Vertriebener, der vor der Familie geht.

»Vielen, vielen Dank. Erwin, bring den Bernie hierhin und leg ihn auf den Karren.«

Erwin geht langsam nach vorne und legt seinen Bruder hin. Jetzt fängt es zu schneien an.

»Mama, schau mal. Da vorne ist Papa. Er lacht so schön. Siehst du ihn?«

Wilma ist völlig deprimiert und unsagbar traurig. Sie ahnt, dass ihr jüngster Sohn sterben wird. Sie sieht ihn an und sagt: »Ich sehe ihn auch. Hallo Franziskus, da bist du ja wieder. Würdest du unseren lieben Bernie begleiten? Ich glaube, er hat Angst.«

Bernie hat schon die Augen geschlossen.

»Papa, hier ist es aber schön! Mama, siehst du das auch?«

Dann atmet er nicht mehr. Wilma ist fassungslos. Sie schreit: »Bernie ist tot! Mein lieber kleiner Bernie!«

Ihre Tochter Emma kommt, so schnell sie es vermag, angelaufen. Außer Atem fragt sie: »Was ist mit Bernie? Nein, nein, er kann doch nicht tot sein. Mein kleiner Lieblingsbruder. Mein ein und alles. Warum? Warum? Warum musstest du ausgerechnet Bernie holen, Gott? Schau mal, Mama, was ich im Schnee gefunden habe.«

Emma zeigt Wilma ein rundes Medaillon, auf dem ein Engel und der Spruch, Gottes Güte währet ewiglich, abgebildet ist.

»Das ist kein Zufall. Bernie ist jetzt bei den Engeln. Ich hoffe, es geht ihm dort besser als hier.«

In diesem Moment zerbricht ihr Herz und sie kann nur noch weinen. Die anderen Geschwister kommen näher und fangen auch an, Tränen zu vergießen. Sie haben schon einmal ein Schwesterchen verloren, mit acht Monaten lag es tot in seinem Kinderbett. Das ist jetzt zwei Jahre her. Wilma war untröstlich. Zum Glück war zu jenem Zeitpunkt noch ihr Mann an ihrer Seite und sie konnten sich gegenseitig unterstützen und einer dem anderen Trost spenden. Aber jetzt? Sie ist ganz allein, zwar zusammen mit jedem ihrer lebenden Kinder, doch die können ihre gebrochene Seele nicht heilen. Gibt es für sie überhaupt jemals Heilung? Vielleicht, wenn das Grauen endlich vorüber ist. Sie weiß es nicht. Bernies Überreste werden noch am selben Tag irgendwo im Niemandsland verbrannt. Es gibt kein Grab, da das Ausheben einer Grube bei diesen eisigen Temperaturen nicht möglich ist. Vier Männer helfen Wilma. Nachdem nur noch Asche übrig ist, folgt ein kurzes Gebet, die

Asche wird mit Schnee bedeckt und bald ist nichts mehr zu sehen.

Ausgelöscht. Die Flucht muss weiter gehen. Komme, was wolle. Die Trauer wird eingesperrt ins Unterbewusste, sowohl bei Wilma als auch bei Emma. Das ist nicht gut, aber zu dem Zeitpunkt gibt es keine Wahl. Die anderen Kinder trauern auch, jedoch nicht so stark wie Wilma und Emma.

Der Marsch scheint endlos zu sein. Immer wieder fängt es zu schneien an. Die Wege ziehen sich dahin.

»Mama, wann sind wir denn endlich bei unseren Großeltern? Jetzt marschieren wir schon so viele Wochen. Ich kann bald nicht mehr laufen. Schau mal, meine Stiefel sind löchrig und meine Füße eiskalt. Ich merke sie überhaupt nicht mehr. Ich bin so hungrig.«

»Wir haben es bald geschafft, Emma. So allmählich muss doch mal der Frühling kommen und es wärmer werden. Schau mal, da vorne ist ein Bauernhof. Dort werde ich fragen, ob wir in der Scheune übernachten dürfen.«

Wilma ist mit ihrer Kinderschar vor der Haustür des Bauern eingetroffen und klopft laut. Ein alter Mann öffnet die Tür und schaut sie alle missmutig an.

»Was ist? Ich gebe nichts ab an euch Flüchtlingspack! Macht, dass ihr weg kommt und lasst euch nie wieder hier sehen, sonst lasse ich den Hund auf euch los!«

Hinter ihm sitzt ein großer Schäferhund, der bei seinen Worten zu knurren anfängt. Wilma entschuldigt sich und sagt: »Wir gehen schon. Vielen Dank.«

Als sie außer Sichtweite des Hauses sind, sagt Ferdinand zu Egon: »Lass uns mal nachschauen, ob wir irgendwie in die Scheune kommen. Vielleicht lagern dort ein paar Kartoffeln und anderes Gemüse. Das klauen wir dann einfach von dem Blödmann. Der hungert ja nicht!«

»Einverstanden«, sagt Egon. Wilma und die anderen Kinder sind schon vorausgegangen. Ferdinand und Egon bleiben zurück und schauen sich um, ob irgendjemand sie vielleicht sehen kann. Niemand ist da. Sie schleichen um die Scheune herum zur Tür, die mit einem einfachen Riegel verschlossen ist. Beide drücken den Riegel nach oben und öffnen ganz langsam und vorsichtig die Tür. Ferdinand ist als erster in der Scheune, Egon folgt ihm. Ein Pferd wiehert.

»Hoffentlich hat der Bauer das nicht gehört«, sagt Egon. »Falls doch, rennen wir ganz, ganz schnell fort! Schau mal, da steht ein Korb mit verschrumpelten Äpfeln. Die sind bestimmt für die Pferde, oh, und da sind Möhren. Ein paar Kartoffeln auch, aber ich glaube, die lassen wir hier, wir können sie ja nirgends kochen. Siehst du irgendwo einen Sack oder sowas ähnliches?«

»Hm.« Ferdinand schleicht vorsichtig durch die Scheune, um das Pferd nicht zu erschrecken.

»Da, auf dem Regal an der Wand liegt etwas. Das könnte ein Sack sein. Ist allerdings ziemlich hoch. Ich weiß nicht, ob ich da dran komme.«

27

Er streckt seinen Arm nach oben aus, springt in die Luft und bekommt den vermeintlichen Sack zu fassen. Er zieht das Ding hinunter. Es ist tatsächlich ein Sack.

»Los, komm! Die Äpfel und Möhren hier hinein. Zu zweit können wir das tragen. Sobald der olle Bauer merkt, dass wir die Sachen geklaut haben und er uns verfolgt, lassen wir den Sack fallen und laufen weg!«

»Okay. Vielleicht merkt er gar nichts.« Sie schütten Äpfel und Möhren hinein.

»Stopp, das reicht. Puh, ist der schwer! Hoffentlich schaffen wir es hier hinaus ohne dass der etwas merkt.«

Vorsichtig schleichen sie mit ihrer Beute zur Tür hinaus und versuchen, so schnell wie möglich zu ihrer restlichen Familie zu gelangen. Der Bauer hat nichts gemerkt. Die Scheune steht dort wie vorher, alles ist ruhig, kein Hundegebell zu hören. Egon und Ferdinand sind bei ihrer Mutter angelangt und zeigen ihre Beute.

»Das habt ihr gut gemacht. Endlich gibt es etwas zu essen. Lasst es uns aufteilen.«

Die ganze Familie isst mit Genuss und freut sich, dass ihr Magen endlich wieder etwas zu tun hat.

4. Ankunft in Waltfeld

Nach weiteren Wochen eines endlosen Marsches kommen Wilma und ihre Kinder bei Wilmas Eltern Berta und Fritz in Waltfeld an. Beide sind unversehrt, waren aber besorgt, was mit ihrer Tochter und der Familie geschehen ist.

»Gott sei Dank, euch ist nichts passiert! Kommt erstmal herein. Ich sage es euch aber gleich. Ihr könnt hier nicht bleiben. Das Haus ist zu klein für so viele Personen. Einige deiner Kinder sind ja schon größer, sie werden bestimmt gleich Arbeit finden. Wilma, sag doch mal, wie alt jeder ist.«

»Also Martha ist die Älteste, sie ist 17. Emma 16, Ferdinand 15, Erwin 13, Egon 9 und Agatha 6.«

»Gut, wir haben uns Jahre nicht gesehen und die Briefe, die wir ausgetauscht haben, waren immer monatelang unterwegs. Meine Güte, was seid Ihr alle dünn! Hm, ich zähle nur sechs Kinder. Wo ist denn Bernie, euer Jüngster?«

»Mein kleiner Bernie ist während der Flucht gestorben und Franziskus ist auch tot«, schluchzt Wilma. »Ich wusste nicht, wohin ich gehen sollte. Ihr seid mein einziger Anhaltspunkt. Ich kann nicht mehr! Ich bin so müde und hungrig und unsagbar traurig.«

Wilma fängt jetzt laut zu weinen an.

»Ach, das wird schon wieder. Wenn ihr Arbeit gefunden habt, etwas verdient und zu essen bekommt, geht es euch bestimmt besser. Endlich ist Frieden, der Krieg ist vorbei«, versucht Berta, ihre Tochter zu trösten. Wilma ist verzweifelt.

»Wer weiß, was uns noch alles blüht. Die anderen Länder hassen uns doch. Wir werden jetzt dafür büßen, was Hitler angerichtet hat. Der hat es sich leicht gemacht. Selbstmord, damit er nicht zur Verantwortung gezogen werden kann, das Schwein!«

»Schwein ist noch viel zu milde ausgedrückt für so einen widerlichen, menschenverachtenden Diktator. Wer weiß, wie lange wir an den Folgen seiner Taten zu leiden haben? Aber, jetzt seid ihr erstmal hier und in Sicherheit. Wir werden versuchen, eine Mahlzeit für uns alle zuzubereiten. Ich glaube, ihr seid alle sehr hungrig«, sagt Berta und geht in die Wohnküche, um ihre bescheidenen Vorräte durchzusehen.

Fritz meldet sich zu Wort. »Heute könnt ihr alle hier übernachten, auf dem Fußboden. Morgen müsst ihr euch etwas suchen. Die Mädchen kommen bestimmt als Dienstmädchen unter und die Jungen können eventuell auch irgendwo helfen. Wie steht es mit dir, Wilma? Du konntest doch immer so gut nähen. Berta hat noch ihre alte Singer Tretnähmaschine. Wenn wir irgendwo Stoff, Gardinen, Tücher oder sonstiges auftreiben können, dann zauberst du daraus etwas zum Anziehen und schon kannst du dir deinen Lebensunterhalt verdienen.«

Wilma ist so erschöpft, dass sie gar nicht mehr wahrnehmen kann, was die anderen reden. Sie setzt sich auf einen Küchenstuhl und ist sofort eingeschlafen. Sie träumt von ihrer Flucht, den Bombennächten und schreckt immer wieder hoch. Wird sie das Grauen jemals vergessen können?

Ein paar Wochen später schlafen die Kinder und Wilma immer noch auf dem Fußboden in Bertas Wohnküche. Es ist sehr schwierig, für die ganze Familie etwas Essbares aufzutreiben. Wohnungen sind Mangelware. Die Jungen haben begonnen, bei den Bauern zu stehlen, damit wenigstens eine warme Mahlzeit am Tag gekocht werden kann. Die Mädchen versuchen, Brennnessel vom Wegrand zu pflücken und sie ihrer Mutter mitzubringen, die daraus eine Suppe zubereiten kann.

»Ich kann dieses verdammte Brennnesselzeug nicht mehr sehen, geschweige denn essen, immer nur Brennnesseln über Brennnesseln. Ich will endlich etwas Richtiges essen«, sagt Martha, die Älteste. Alle stimmen zu. Wilma bricht in Tränen aus.

»Ich weiß, mir hängt es auch zum Hals heraus, aber was soll ich denn machen, wenn es bisher kaum etwas gibt? Wir müssen uns einfach an das Gemüse und die Kräuter am Wegesrand halten. Ferdinand und Egon versuchen schon, so viel wie möglich irgendwoher zu bekommen. Es reicht nur nicht. Der Bauer Hempel war bei mir und hat gesagt: Wenn ich noch einmal deine Söhne beim Stehlen erwische, dann gnade ihnen Gott! Ihr Flüchtlingspack seid doch alle gleich. Warum seid ihr nicht dort geblieben, wo ihr hingehört, hä? Den alteingesessenen Einheimischen das wohlverdiente Essen zu stehlen, ist doch wohl das Allerletzte. Wenn es nach mir ginge, würdet ihr sofort wieder zurückgebracht, dahin, wo ihr herkommt! Wegprügeln müsste man euch!«

Wilma ist entsetzt über die verständnislosen Worte des Bauern. Er weiß doch gar nicht, was in mir vorgeht und welche Qualen wir hinter uns haben, denkt sie, sagt aber nichts, um ihn nicht noch mehr zu verärgern. Augen zu und durch, jetzt ist Frieden, wir sind hier in Sicherheit und irgendwann werden wir wieder genug zu essen bekommen. Wilma und Emma trauern, über ihre verlorenen Liebsten, die verlorene Heimat und all das Unrecht, das im Namen Deutschlands begangen wurde. Sie lassen es sich jedoch nicht anmerken. Tief in ihrem Inneren ist etwas zerbrochen, das sich nie wieder kitten lässt. Die anderen Kinder gehen mehr oder weniger ihrer Wege. Agatha soll bald die Volksschule besuchen. Sie ist mit ihren sechs Jahren das jüngste Kind von Wilma.

Eines Abends, sie liegt als Erste zum Schlafen bereit auf dem Fußboden, wimmert sie leise vor sich hin. Wilma sitzt am Küchentisch und näht ein paar Kleider aus grobem Leinen. Sie hat die Säcke in einer Kammer ihrer Eltern gefunden und versucht, diese als fertige Kleider an die Stadtbewohner zu verkaufen.

»Agatha, was hast du denn?«, fragt Wilma und kniet sich besorgt zu Agatha hinunter. Sie fühlt mit der Hand ihre Stirn.

»Du bist ja ganz heiß und was redest du da?«

»Bernie, Bernie steht da. Er sagt, du brauchst keine Angst zu haben, er passt auf mich auf.«

Wilma wird es selbst heiß und kalt. Sie bekommt eine Gänsehaut. Nein, es soll nicht noch eines ihrer Kinder sterben. Ein Arzt muss kommen und sich Agatha anschauen. Sie legt ihre Hand auf Agathas Stirn und hat den Eindruck, als würde sie ständig heißer. Wilma geht zur Haustür, öffnet sie und schreit hinaus in die Dunkelheit: »Ferdinand! Ferdinand!« Sie wird immer lauter. Nach ein paar Minuten kommt Ferdinand herbei gelaufen.

»Ferdi, bitte lauf zu Doktor Schenkel. Er soll sofort herkommen. Agatha hat ganz hohes Fieber und ich habe Angst, dass sie auch stirbt. Sie hat Bernie gesehen.«

»Ja, Mama. Mache ich.«

Er rennt los. Zehn Minuten später ist er mit Doktor Schenkel zurück. Dieser untersucht Agatha und sagt zu Wilma: »Es sieht schlecht aus. Im Moment grassiert überall die Hirnhautentzündung. Ich glaube, Agatha leidet auch daran. Ich muss Sie auf das Schlimmste vorbereiten. Es kann sein, dass sie stirbt. Sollte sie überleben, wird sie eventuell bleibende Schäden im Gehirn zurückbehalten. Leider haben wir keine Medikamente, ich hoffe, sie ist eine Kämpfernatur und zeigt Überlebenswillen. Jetzt können wir nur noch beten.«

»Ich habe schon zwei Kinder verloren. Und meinen Mann. Bitte nicht noch ein Kind.«

»Wir leben in schweren Zeiten, gute Frau.«

Er packt seine Arzttasche, nimmt sie unter den Arm und geht zur Tür hinaus. Wilma legt sich neben Agatha und streichelt sie.

»Du darfst nicht auch noch sterben! Hörst du mich?«

Agatha wimmert weiter vor sich hin. Nach ein paar Stunden sind beide endlich eingeschlafen. Wilma wacht als Erste auf.

»Agatha? Agatha!« Sie öffnet die Augen. »Hallo Mama.«

»Gott sei Dank, mein Kind. Du lebst.«

Wilma und ihre anderen Kinder sowie Berta und Fritz freuen sich sehr und sind erleichtert. In den kommenden Wochen stellen sie jedoch fest, dass Agatha sich verändert hat. Sie versteht vieles nicht und muss einige Wörter, die sie vor ihrer Krankheit kannte, ganz neu lernen. Ihr Denken hat sich sehr verlangsamt und sie kann zeitweise Wörter nicht miteinander verknüpfen. Die ganze Familie hat Mitleid mit ihr. Doktor Schenkel schaut einmal in der Woche vorbei, hat jedoch keine Hoffnung, dass es wieder besser wird. Wilma resigniert. Nachts liegt sie wach, denkt an ihr unzerstörtes Breslau und ihre glücklichen Zeiten und führt Zwiegespräche mit ihrem toten Ehemann.

»Franziskus, warum hast du mich verlassen? Ich weiß manchmal nicht weiter und muss die ganzen seelischen Lasten alleine tragen. Weißt du eigentlich, wie schwer das ist? Kannst du mich holen kommen? Ich will nicht mehr leben.«

Solche Gedanken trägt sie in der Nacht. Am Tage zumindest lässt sie sich nichts anmerken. Keiner soll ihre Trauer sehen. Sie näht. Nachbarn und andere Waltfelder kaufen ihre aus Säcken und grobem Stoff genähte Garderobe und Anziehsachen. Ihre Kleider sitzen nach Maß nehmen perfekt und durch Mundpropaganda erhält sie immer mehr Aufträge. Bezahlt wird überwiegend in Naturalien, worüber sie sehr froh ist. Damit kann sie ihre Kinderschar und ihre Eltern halbwegs ernähren. Ihre Trauer jedoch dauert an und wird sich nicht mehr auflösen. Mit der Zeit und mit Abstand verblasst sie ein wenig, doch die Schwere bleibt.

5.   In den 1950er Jahren

Wilma lebt jetzt nicht mehr bei ihren Eltern Berta und Fritz. Sie hat etwas Eigenes gefunden, zwei Zimmer in einer alten Schule. Agatha, die nach ihrer Krankheit geistig behindert ist, lebt bei ihr. Alle anderen sind entweder weitergereist oder irgendwo untergekommen. Emma hat eine Stelle als Dienstmädchen in Waltfeld angenommen. Sie ist unzufrieden, erfüllt aber alle Aufgaben, die sie erhält. Ihre ältere Schwester Martha möchte sich nicht mit einem Leben als Dienstmädchen zufriedengeben. Zunächst arbeitet sie als Putzfrau. Ferdinand ist nach Ostdeutschland gereist und hat dort die Liebe seines Lebens kennen gelernt. Egon darf weiterhin die Schule besuchen, sein Abitur erlangen und anschließend studieren. Erwin hat sich für eine Arbeit als Beamter bei der Deutschen Bahn entschieden.

Als Emma eines Sonntags ihre Mutter besucht, beklagt sie sich:»Ein Leben als

Dienstmagd ist auch nicht das, was ich mir gewünscht habe. Ich wollte weiter zur Schule gehen, eine Ausbildung beginnen und abschließen und was ist? Egon darf das, weil er ein Junge ist. Mädchen sind ja weniger wert als Jungen. Das war so und wird wohl auch immer so bleiben.«

»Na, na, jetzt beruhig dich mal«, sagt Wilma zu Emma. »Du heiratest doch sowieso, wozu brauchst du dann eine Ausbildung? Du kümmerst dich um die Kinder, die du bekommst.«

»Ist ja toll, als Gebärmaschine, wie zu Hitlers Zeiten. Die deutsche Frau und das Mutterkreuz. Ich könnte kotzen! Wenn ich wirklich mal Kinder habe, werde ich die eine vernünftige Ausbildung machen lassen, komme, was wolle. Hoffentlich müssen in Zukunft nicht so viele Frauen als Putzfrau arbeiten. Ich will keinen Mann anhimmeln, ihm gehorchen wie einem Führer. Das ist würdelos.«

»Jetzt warte es doch erstmal ab, bis du den Richtigen gefunden hast. Dann sehen wir weiter.«

»Ob ich den jemals finde? Was ist denn mit dir? Vielleicht möchte dich ja auch noch mal jemand heiraten.«

»Nein, nein. Ich werde meinen Franziskus in guter Erinnerung behalten. Eine zweite Heirat kommt für mich nicht infrage. Das Thema ist jetzt beendet.«

Wilma erfasst wieder Trauer, wenn sie an ihren Mann denkt. Dieser Trauer gibt sie sich nur hin, wenn sie ganz allein in ihrem stillen Kämmerlein sitzt und keiner sie von außen stört. Sie lässt es sich immer noch nicht anmerken nach all den Jahren und verschiebt ihre Trauer in ihr Innerstes, sie verdrängt sie und möchte sie auch nicht willentlich an die Oberfläche holen. Sie hat Angst, dass sie von ihr überwältigt wird. Sie hat zwei Kinder und ihren Mann verloren, den sie sehr geliebt hat. Sie trauert über ihr abhanden gekommenes, glückliches Leben, das nie wiederkommen wird. Was hat dieses

Untier Hitler den Menschen angetan? Warum hat ihn keiner gestoppt? Das fragt sie sich immer und immer wieder und grübelt nach. Jetzt liegt das Selbstbewusstsein aller zu Recht am Boden. Schuld und Scham wird empfunden. Hoffentlich lernt jeder einzelne daraus für die Zukunft und es gibt nie wieder Krieg! Hoffentlich!

Wilma hält sich weiterhin mit Näharbeiten und ihrer Witwenrente über Wasser. Das reicht für sie zum Leben. Manchmal fährt sie mit Agatha ein paar Tage zur Erholung in den Harz. Das gefällt beiden und die Anspannung fällt für eine kurze Zeit von ihnen ab.

Agatha wird jedoch auch älter. Was soll sie machen, wenn Wilma nicht mehr für sie sorgen kann? Das muss sie sich gut überlegen, ihre anderen Kinder möchte sie nicht zusätzlich damit belasten. Ihr wird bestimmt etwas einfallen und im Moment ist sie noch jung genug, um sich um sie zu kümmern. Manchmal findet sie es auch ganz schön, jemanden zu haben, für den sie sorgen kann. Agatha wird nie alleine leben und sich selbst versorgen können! Wilma wird versuchen, frühzeitig die Fühler auszustrecken, damit Agatha später gut versorgt ist. Ihre anderen Kinder werden sich durchbeißen, sowohl die Mädchen, als auch die Jungen. Schade, dass sie sich niemandem anvertrauen kann. Sie macht alles mit sich alleine aus. Jetzt versucht sie, zu funktionieren und wenig an sich heranzulassen. Solange sie funktioniert, muss sie nicht nachdenken. Ihre Gefühle packt sie in eine Schublade und schließt diese zu. Manchmal, in ihren Träumen, kommen sie zum Vorschein. Dann wacht sie schweißgebadet auf und weiß nicht, wo sie sich befindet. Atme, sei ganz ruhig, du bist in Sicherheit, sagt sie sich immer und immer wieder.

Emma und ihre Schwester Martha wollen in die Waltfelder Stadthalle gehen. Jeden Sonntag gibt es dort eine Tanzveranstaltung. Im Gegensatz zu Emma ist Martha sehr selbstbewusst. Emma schimpft oft über ihre Schwester: Sie würde nie tun, was andere von ihr verlangten, nur wenn es ihr angenehm ist und sie ihren eigenen Willen durchsetzen kann. Emma traut sich das nicht und passt sich an, um nur keinen Konflikt hervorzurufen. Immer schön brav sein. Mittlerweile arbeitet sie als Dienstmädchen bei einer Familie in Waltfeld. Sie putzt, wäscht und kocht, fühlt sich ausgenutzt, hat Heimweh nach Breslau. Diese Sehnsucht vergräbt sie jedoch ganz tief in ihrem Inneren. Eines Tages würde sie ihre Heimatstadt vielleicht noch einmal besuchen können, nimmt sie sich vor. Jetzt wird ein neues Leben aufgebaut nach dieser schrecklichen Flucht und Anfangszeit hier in Waltfeld. Nun will sie tanzen und alles um sich herum vergessen.

Ein freundlicher Mann, der schon etwas älter ist als sie selbst, spricht sie an und fragt: »Junges Fräulein, haben Sie Lust zu tanzen?«

»Sehr gerne.«

Beide beginnen über die Tanzfläche zu wirbeln. Walzer an Walzer. Das macht Spaß.

Nach dem sechsten Tanz fragt er sie: »Wie heißen Sie denn?«

»Emma, und Sie?«

»Heinrich. Ich brauche mal eine kleine Pause. Darf ich Sie zu einem Glas Sekt einladen?«

»Sehr gerne.«

Beide setzen sich an einen kleinen runden Tisch und unterhalten sich. Emma ist sehr angetan von Heinrich.

»Was arbeiten Sie denn?«, fragt sie. Heinrich seufzt ein wenig.

»Ich bin Gärtner. Eigentlich wollte ich Förster werden, aber leider kam der Krieg dazwischen! Ich war in russischer Gefangenschaft. Darüber möchte ich nicht sprechen. Und was machen Sie?«

»Ich helfe im Haushalt einer Familie. Wir sind kurz vor Kriegsende aus Breslau hierhin geflüchtet. Mein Vater ist noch in den letzten Kriegstagen gefallen und meine Mutter ist in Waltfeld geboren und hat ihre Eltern hier. Deswegen haben wir Waltfeld zu unserem neuen Lebensmittelpunkt erkoren und leben jetzt hier.«

Wie groß und stattlich er ist und freundlich, denkt Emma für sich. Beide unterhalten sich sehr angeregt. Sie tanzen noch ein paar Mal und am Ende des Abends fragt Heinrich Emma: »Darf ich Sie nach Hause begleiten?«

»Gerne.«

Sie gehen nebeneinander her. Emma ist ganz aufgeregt, wagt aber nicht, die schöne Stimmung zwischen ihnen durch Fragerei zu zerstören. Schließlich gelangen sie zu dem Haus, in dem Emma ein Zimmer hat. Beide bleiben vor der Haustür stehen, und Heinrich flüstert: »Es war ein sehr schöner Abend mit Ihnen, Fräulein Emma. Ich möchte Sie gerne wiedersehen. Wie wäre es nächsten Sonntag zur gleichen Zeit am gleichen Ort?«

»Oh ja, sehr gerne, Herr Heinrich.«

Sie geben sich die Hände und verabschieden sich.

»Auf Wiedersehen, Fräulein Emma, bis nächste Woche.«

»Auf Wiedersehen, Herr Heinrich, ich freue mich sehr.«

Sie bleibt noch ein Weilchen vor der Haustür stehen und sieht Heinrich nach, der in Richtung Innenstadt verschwindet. Jetzt habe ich ihn gar nicht gefragt, wo er wohnt, denkt sie sich. Der ist mir sehr sympathisch. Mal schauen, vielleicht wird es ja etwas mit uns. Ich muss ihn unbedingt fragen, wie alt er ist. Ein richtiger Mann! Nicht so ein unbedarftes Jüngelchen. Sie schließt die Haustür auf, geht in ihr Zimmer, legt sich auf ihr Bett und ist mit ihren Gedanken bei Heinrich, ihrem zukünftigen Ehemann. Küssen möchte ich ihn nicht so schnell. Vom Küssen bekommt man ein Kind, wurde mir immer erzählt. Das will ich nicht so bald haben, denkt sie sich in den Schlaf und überlässt sich ihren Träumen, die endlich mal positiv sind!

1956 heiratet Emma ihren Heinrich und vier Jahre später ist sie schwanger. Vor der Geburt wird es Zeit, sich eine kleine Wohnung zu suchen. Sie finden etwas Passendes in einem im Jahr 1900 erbauten Haus. Zunächst mieten sie zwei Zimmer. Das Haus wird zusätzlich von dem Vermieter und dessen Schwester bewohnt. Es liegt an einer Hauptstraße und hat einen riesengroßen Garten. Emma und Heinrich verpflichten sich, sich um den Garten zu kümmern, in dem Gemüse und Kartoffeln zur Selbstversorgung angebaut werden. Das macht sehr viel Arbeit. Heinrich geht jeden Tag von Montag bis Samstag jeweils eine Stunde zu Fuß zu seiner Arbeitsstelle und wieder zurück. Er besitzt weder Führerschein noch Auto. Emma ebenso wenig. Die Ernte und Verarbeitung der Pflanzen aus dem Gemüsegarten wird hauptsächlich ihr überlassen. Darüber hinaus muss der Rasen gemäht werden und es stehen ein paar Apfelbäume mit alten Apfelsorten im Garten, das heißt, es gibt sehr viel zu tun. Emma wird zunehmend unzufriedener und jammert und beklagt sich bei ihrem Mann. Sie schimpft über ihren Vermieter und lässt kein gutes Haar an seiner Schwester. Allerdings spricht sie ihn nicht direkt an wegen der vermeintlichen Ungerechtigkeiten, die er ihnen zufügt. Sie glaubt, dass sie als Flüchtling kein Recht dazu hat und er sie aus der Wohnung werfen würde, wenn sie sich beschwert. Die Schwangerschaft und die viele Arbeit machen ihr zusätzlich zu schaffen. Sie ist erschöpft. Heinrich vermittelt ihr den Eindruck, als wäre er nicht ganz so begeistert von einem Baby, aber sie kann sich auch irren. Ihre Mutter hat ihr schon viele Ratschläge erteilt, die sie nutzen wird, sobald das Baby endlich da ist. Mittlerweile weiß sie, dass Frauen nicht durch Küssen schwanger werden. Allerdings kann sie nicht behaupten, dass ihr das alles Spaß macht. Nein, sie ist bereit, darauf zu verzichten und Heinrich hat ihr mitgeteilt, dass er ja doch schon älter ist und ihm alles Schwierigkeiten bereitet. Vielleicht bleibt das ihr einziges Kind. Sie wird sehen, wie es läuft.

6.　　　　1961

Januar 1961. Es ist bitterkalt und meine Mutter krümmt sich vor Schmerzen unter den Wehen. Mein Vater darf nicht dabei sein, er würde es auch nicht wollen. Puh, ist das eng hier. Ich will hier raus! Kann mir jemand helfen? Es ist so eng. Ich habe Angst! Ich werde automatisch durch den engen Kanal weiter getragen. Da vorne ist ein Licht! Weg hier! Raus hier! Endlich! Geschafft! Ich schreie! Meine Mutter und ich sind total erschöpft.

»Schauen Sie mal, Frau Genera, wie süß. Es ist ein Mädchen! Hat eine ziemlich kräftige Stimme. So, wir werden jetzt die Nabelschnur durchschneiden und dann säubern wir das Kind. Wir legen es in einen Kasten, dort können Sie jeden Tag nachschauen, wie es ihm geht, von weitem natürlich. Wie soll das Kind heißen?«

»Karla. Karla Genera. Kann irgendjemand meinem Mann Bescheid sagen?«

»Aber natürlich, Frau Genera. Wir kümmern uns um die Kleine und schicken jemanden zu Ihrem Mann nach Hause, damit er kommen und zu den Besuchszeiten sein kleines Töchterchen bewundern kann. Alles ist soweit in Ordnung. Jetzt können Sie sich erstmal erholen.«

Meine Seele weiß, dass meine Eltern schon seit fünf Jahren verheiratet sind. Mein Vater ist zwanzig Jahre älter als meine Mutter. Was soll ich dazu sagen? Meine Mutter scheint ihn irgendwie zu lieben. Aber ob er meine Mutter liebt? Er war vor dem Zweiten Weltkrieg schon einmal verlobt. Was ist mit dieser Verlobten geschehen? Er hat eine Kriegsverletzung. Es wird gesagt, ein Splitter oder mehrere laufen unkontrolliert durch seinen Körper. Was ist ihm im Weltkrieg widerfahren?

Lauter Fragen, die ich später, wenn ich älter bin, zu klären versuchen werde. Als Baby ist man noch nicht bewusst. Es nimmt die Energien der ganzen Umgebung einschließlich der Menschen wahr, ist noch ganz durchlässig und speichert sie im Unterbewusstsein.

Vielleicht kann ich manches später einmal abrufen, wenn ich erwachsen bin. Dann wird dieses bewusste Hervorholen mir bei meinen Problemen helfen und ich meistere sie. Im Moment weiß ich das allerdings noch nicht.

Nach circa zwei Wochen werden meine Mutter und ich nach Hause in unsere zwei Zimmer ohne Bad zu meinem Vater entlassen.

Emma erzählt mir später, ich sei ein pflegeleichtes Baby gewesen. Leider kann ich mich daran auch nicht erinnern. In dieser Hinsicht muss ich ihr wohl glauben.

Wie sich herausstellt, haben meine Eltern nicht nur nette Dinge mit mir veranstaltet, sondern aus heutiger erwachsener Sicht ziemlich böse, was mich jetzt noch wütend macht.

Aber zunächst versetzen wir uns weiterhin in das Jahr 1961. Alles ist miefig und muffig. Es gibt strenge Regeln. Irgendwie ist noch Nachkriegszeit. Die Deutschen müssen die

Nazidiktatur verarbeiten und tun dies, indem sie nicht darüber reden. Es ist üblich, dass kleine und größere Kinder bestraft werden, indem man sie schlägt, manche mit einem Kochlöffel, andere mit einem Ledergürtel, einer Rute oder einfach mit einer Ohrfeige.

Es ist die Zeit des Mauerbaus zwischen West- und Ostdeutschland. Am 30.08.1961 ist es vollendet. Jetzt gibt es zwei deutsche Staaten, die Bundesrepublik Deutschland und die Deutsche Demokratische Republik (haha, demokratisch).

Dort lebt mein Onkel Ferdinand, der der Liebe wegen im Erzgebirge geblieben ist. Meine Mutter und meine Oma sind sehr traurig deswegen. Sie können ihn nicht einfach besuchen, und er darf auch nicht zu uns kommen, weil deren Staat befürchtet, dass mein Onkel im Westen bleiben und nie wieder zurückkehren würde.

Wie fühlt sich das an? Eingesperrt zu sein und Lügen erzählt zu bekommen über die Bundesrepublik? Kaum jemand im Osten weiß, dass sie durch Unwahrheiten manipuliert werden, zu jener Zeit jedenfalls noch nicht.

Nun, ich kann mich nicht bewusst erinnern und vielleicht hat mich meine Mutter Emma später auch manipuliert, indem sie mir ihre Sichtweise untergejubelt hat und meinte, ich müsste alles genauso sehen wie sie, sonst wäre ich keine gute Tochter und auch nicht liebenswert. Tja, das ist nicht schön, aber meine Eltern und meine Oma waren durch den Krieg, die Vertreibung und die Flucht traumatisiert, haben das nicht bewusst verstanden und ihre erlittenen Traumata teilweise, unbewusst an mich, Karla, weiter gegeben.

Warum sind wir auf der Erde und nicht auf irgendeinem anderen Planeten?

Warum leben wir?

Welcher Sinn verbirgt sich hinter unseren Leben und dem Erleben?

Diese Fragen stellt sich wohl jeder. Ich glaube, dass wir geboren werden, um Krisen zu erleben, daran zu wachsen und uns weiter zu entwickeln. Natürlich kann der Einzelne das glauben, was er möchte. Manche fragen sich vielleicht, warum ausgerechnet sie spezielle Krisen durchlaufen müssen, kommen zu einem ganz anderen Ergebnis und verlieren den Glauben an das Gute.

Ein Baby ist völlig hilflos. Es wird mit Essen und im Idealfall mit Liebe und Berührungen versorgt, sodass es gesund bleiben und gedeihen kann.

Es ist Spätsommer im Jahr 1961. Die Sonne scheint und ich liege auf einer Gartenbank. Neben mir sitzt Fräulein Kurz, die Schwester unseres Vermieters Herrn Kurz und passt auf, dass ich nicht von der Bank falle.

»Na, du kleine Karla? Eitipei. Du bist ja ein Strampelchen. Schwitzt du auch so? Ach, du hast ein luftiges Kleidchen an, da kannst du gar nicht schwitzen. Schau mal, was ich hier habe.«

Sie hält einen Plastiklöffel über mein Gesicht und ich versuche, ihn mit meinen Händen zu ergreifen, was mir allerdings nicht gelingt, da sie ihn immer wieder ein paar Zentimeter aus meiner Reichweite zieht.

»Danke, Fräulein Kurz, dass Sie sich um unsere kleine Karla gekümmert haben. Puh, ist das eine Luft heute. Man kann kaum atmen, so schwül ist es. Anscheinend macht es unserer Kleinen nichts aus, die sieht so fröhlich aus und lacht. Mein Mann kommt gleich nach Hause. Ich habe heute wenig gekocht. Bei dieser Hitze hat man ja gar keinen Hunger. Möchten sie vielleicht auch einen Teil haben? Es gibt Kaltschale.«

»Ja gern«, sagt Fräulein Kurz. »Ich habe heute auch noch nichts gekocht. Iiih, ich sage es nicht gern, aber irgendwie stinkt es hier.«

Meine Mutter riecht an meinem Popo, der mit einer Baumwollwindel und einem entsprechenden Höschen, das es damals gab, ausgestattet ist.

»Jetzt hat sie sich schon wieder vollgeschissen! Ich weiß gar nicht mehr, das wievielte Mal das heute ist. Das liegt bestimmt an der Hitze. Ich komme mit dem Windeln waschen nicht mehr nach. Ich renne ständig in den Keller, um das Wasser im Kessel zu erhitzen bei dieser Schwüle. Da schwitzt man ja noch mehr!«

Meine Mutter verschwindet im Haus, kommt mit einer sauberen Windel und Höschen zurück und zieht sie mir an. Die dreckige Windel hält sie mir vor die Nase.

»Das stinkt, oder? Du bist ein richtiger kleiner Scheißer. Wegen dir habe ich so viel Arbeit. Hallo Heinrich, da bist du ja!«

Mein Vater nähert sich der Gartenbank, auf der ich liege und verzieht das Gesicht. Auch er riecht meine Ausscheidungen, begrüßt meine Mutter und Fräulein Kurz.

»Mir läuft der Schweiß nur so runter. Ich bin jetzt eine Stunde von der Baumschule nach Hause gegangen, wie immer, aber heute ist die Luft einfach furchtbar. Wir haben den ganzen Tag unsere Bestände mit

Wasser versorgt. Trotzdem lassen die Blumen ihre Köpfe hängen. Es wird Zeit, dass es sich wieder abkühlt.«

»Das hoffe ich auch«, sagt meine Mutter und geht ins Haus. Ich sitze jetzt auf dem Schoß von Fräulein Kurz und brabbel vor mich hin.

»Dadadadada.«

»Ja, was möchtest du denn sagen, Karlachen? Dein Gebrabbel versteht noch keiner.«

Mein Vater lässt seine Tasche mit der Thermoskanne, die er jeden Tag mit zur Arbeit nimmt, vor der Bank stehen und geht meiner Mutter hinterher. Ich bleibe auf dem Schoß von Fräulein Kurz sitzen, die mich am liebsten abgeben möchte, dies aber nicht kann, weil niemand mehr dort ist, um mich zu nehmen.

In den 60er Jahren ist es üblich, eine unverheiratete Jungfer Fräulein zu nennen, egal, wie alt sie ist.

Ich habe mir immer ein Geschwisterchen gewünscht. Meine Mutter wollte eine große Kinderschar, mein Vater nicht. Also blieb ich das einzige Kind meiner Eltern. Einzelkinder haben in den 60ern einen schlechten Ruf. Es wird gesagt, sie seien egoistisch, können sich nicht anpassen, alle haben nach ihrer Pfeife zu tanzen.

Diese Vorurteile kann ich später widerlegen. Doch was für einen Preis muss ich dafür zahlen?

7.   Sommer 1966

Oh, lauter Gänseblümchen! Sind die schön und so viele! Ich bin fünf Jahre alt und hüpfe auf der Wiese im Garten herum. Es ist Sommer. Die Sonne scheint und es ist heiß. Fräulein Kurz, von mir Tata genannt, Mama und Papa sitzen auf der Bank vor dem Haus im Schatten und unterhalten sich.

»Ist das eine Hitze heute«, stöhnt Mama.

»Vielleicht gibt es noch ein Gewitter, wenn es so schwül ist. Ein paar dunkle Wolken sehe ich schon.«

Papa schaut in den Himmel.

»Bei dieser Hitze hat man überhaupt keine Lust, irgendetwas zu tun. Ich schwitze und schwitze. Was macht denn das Kind?«, fragt Fräulein Kurz.

Das Kind, also ich, freut sich des Lebens, liegt im Gras und atmet schwüle Luft ein. Mir macht das nichts aus. Tata hört ein bisschen schlecht, also bemühen sich alle, die ihr etwas zu sagen haben, laut zu sprechen. In der Mitte des Rasens steht eine Wäschewanne mit Wasser, in die ich hinein springe, jauchze und wenn ich richtig nass bin, wieder aussteige.

»Mama, Papa, schaut mal her. Das macht so einen Spaß!«, juchze ich und springe zum gefühlten fünfzigsten Mal hinein. Das Wasser in der Wanne wird natürlich immer weniger, mein Hemdchen und meine kurze Hose sind völlig durchnässt, aber mir macht das nichts aus. Es ist so warm, dass die Sachen ganz schnell wieder trocken sind. Jetzt höre ich nichts mehr von der Bank. Anscheinend sind Mama, Papa und Tata ins Haus gegangen. Dort ist die Luft besser, sagen Mama und Papa immer, wenn es so schwül ist. Ich habe keine Lust mehr, in die Wanne zu springen und überlege, was ich anstellen kann. Ich gehe ebenfalls ins Haus in die Küche.

»Ich habe Durst, kann ich etwas trinken?«

»Aber natürlich«, sagt Mama und reicht mir ein Glas Leitungswasser. Das tut gut. Das Wasser rutscht meine Kehle hinunter und ich bin zufrieden. Meine Eltern und Tata haben sich ins Wohnzimmer zurückgezogen. Ich bin alleine in der Küche. Ich krame ein bisschen in der Schublade des Küchentisches herum, die sich unter der Tischplatte befindet und nehme ein paar kleine runde Plättchen, die wie Münzen aussehen, in meine Hand. Oh, das ist etwas für mich. Damit gehe ich jetzt zu Onkel Tachi, dem am Ende unserer Straße ein Tante-Emma-Laden gehört. Ich gehe wieder nach draußen. Vor der Haustür steht die Bank und vor der Bank kann ich die Plättchen auf die Steine werfen und drum herum hüpfen. Ich hopse ein paar Mal. Dann wird es mir zu warm, ich hebe die Plättchen auf und nehme sie in meine linke Hand. Ich marschiere auf dem Bürgersteig fort von unserem Haus mit der Absicht, bei Onkel Tachi etwas Süßes zu kaufen. Ich gehe ganz langsam die Straße hinunter und in den Laden. Dort bleibe ich vor dem Verkaufs-tresen stehen und schaue nach, was es für leckere, süße Sachen gibt. Hmm, Muscheln, gefüllt mit festem Honig zum lecken, Bon-bons und Lutscher.

»Na Karlachen, was machst du denn hier so alleine?«

»Ich möchte etwas kaufen. Zwei Lutscher«, sage ich und lege Onkel Tachi die Plättchen auf den Tresen.

»Damit kannst du leider nichts kaufen, das ist kein Geld. So kann ich dir nichts geben.«

»Ach so.«

Plötzlich kommt meine Mutter von draußen in den Laden gerannt. Sie ist völlig aus der Puste und schreit mich an:

»Bist du von allen guten Geistern verlassen? Was machst du hier? Jetzt setzt es was! Du kannst doch nicht einfach alleine hierhin laufen und Herrn Tachi belästigen! Du kommst sofort mit nach Hause. Noch einmal gehst du mir nirgends alleine hin, ist das klar? Dir werd ich es zeigen! Entschuldigen Sie, Herr Tachi, sie wird sofort bestraft. Einfach andere Leute behelligen und dann noch etwas kaufen wollen ohne Geld. Noch einmal: Du gehst nie wieder alleine irgendwohin. Hast du mich verstanden?«

Sie ist völlig aufgelöst vor Wut. Ich verstehe überhaupt nichts. Ich wollte mir doch nur etwas kaufen und war stolz, dass ich es ganz alleine bis hierhin geschafft hatte.

Sie greift grob nach mir, nimmt mich an ihre Hand und zieht mich regelrecht hinter sich her.

»Na warte, wenn wir gleich zu Hause sind, passiert etwas, das kann ich dir versprechen!«

Ich weiß gar nicht, wie mir geschieht und laufe an ihrer Hand hinter ihr her. Als wir zu Hause in der Küche sind, holt sie ihren Kochlöffel hervor und fängt an, damit auf mich einzuschlagen. Sie ist immer noch außer sich vor Wut.

»Was sollen die Leute von mir denken, hä? Ich höre sie schon hinter meinem Rücken: Die lässt ihr kleines Kind alleine die Straße runterlaufen. Was glaubst du, würden sie sagen, wenn etwas passiert wäre, wenn dich ein Auto überfahren hätte?«

Sie drischt immer noch auf mich ein.

»Das machst du nie, nie wieder! Hast du mich verstanden?«

»Ja«, heule ich und verstehe immer noch nicht, was ich denn falsch gemacht habe.

Mut und etwas wagen wird bestraft. Das werde ich in den nächsten Jahren zu Genüge lernen. Anpassung über alles! Autoritäten ist Folge zu leisten. Die Leute und deren Meinung sind wichtiger als ich. Ein Kind hat außerdem den Mund zu halten, wenn die Erwachsenen sprechen. Ich bin ein dummes, kleines Kind, das keine Würde zu haben scheint und keinen Respekt verdient hat. Eine Marionette ohne Widerspruch!

8.   Vor Schulbeginn 1967

Wilma, Emma, Heinrich und ich warten auf dem Bahnsteig von Waltfeld auf den Zug nach Chemnitz bzw. Karl-Marx-Stadt, wie es in der DDR heißt. Ich bin ganz aufgeregt, noch nie mit dem Zug gefahren und jetzt wollen meine Mutter, mein Vater, meine Oma und ich meinen Onkel Ferdinand und seine Familie in einer Kleinstadt bei Chemnitz besuchen. Zwei Wochen möchten wir dort verbringen. Es ist Juni und es ist warm.

»Mama, Mama, wann kommt denn endlich der Zug?«, frage ich und hüpfe auf dem Bahnsteig hin und her.

»In fünf Minuten wird er hier sein. Jetzt hör doch mal auf zu zappeln! Das ist ja fürchterlich!«

»Ich bin so aufgeregt!«

Es erklingt die Stimme eines Bahnbeamten, der den Zug nach Chemnitz und Vorsicht am Bahnsteig ankündigt. Ich zappel immer noch herum.

»So, jetzt fasst du mich an und bist ruhig, verstanden?«, schreit Emma mich an. Sofort bin ich still. Der Zug hält. Wilma und Heinrich nehmen die Koffer in die Hand und versuchen, die schwere Tür des Zuges zu öffnen. Sie steigen ein und setzen sich in ein freies Abteil mit Glasschiebetür. Die Sitze sind für jeweils drei Personen und liegen sich gegenüber. Oberhalb der Sitzgelegenheiten befinden sich Kofferablagen. Heinrich wuchtet die Koffer dorthin und lässt sich anschließend nieder. Ich wippe am Fenster hin und her.

»Verdammt noch mal, hörst du jetzt endlich auf mit der Zappelei. Gleich setzt es was«, sagt Emma zu mir.

Langsam setzt sich der Zug in Bewegung und wird immer schneller.

»Wir fahren, schaut mal nach draußen. Boah, zieht das alles schnell vorbei. Das ist ja toll. Fahren wir lange mit dem Zug?«

»Ein paar Stunden wird es dauern. Wenn du Hunger hast, sag Bescheid, wir haben

68

belegte Brote und es gibt auch etwas zu trinken.«

Der Zug rattert vor sich hin und ich werde müde. Jetzt bin ich ganz ruhig, schaue die Landschaft vom Fenster aus an und schlafe ein. Wilma, Heinrich und Emma unterhalten sich. Zwischendurch gibt es immer mal wieder Brote und etwas zu trinken.

»Jetzt sehe ich endlich meinen Ferdinand wieder. Es ist schon Jahre her. Ich bin gespannt, wie es ihm und seiner Familie geht. Ich freue mich richtig«, sagt Wilma.

Seit die Mauer im August 1961 gebaut wurde, ist es sehr schwierig, nach Ostdeutschland, in die DDR, zu gelangen. Man muss einen Antrag stellen. Wird die Einreise genehmigt, darf man seine Verwandten, die dort leben, besuchen. Das Gesuch muss aber begründet sein. Zum Beispiel wird eine Einreise grundsätzlich nur bei ausgewählten Geburtstagen, Hochzeiten oder Beerdigungen erlaubt.

»Ist es nicht schrecklich, dass es ein geteiltes Deutschland gibt? Das haben wir alles Hitler zu verdanken, diesem Verbrecher! Ich kann meinen Sohn nur alle paar Jahre sehen und er darf mich überhaupt nicht besuchen«, jammert Wilma.

»Leider ist das so. Schaut mal, ich glaube, dort ist der Grenzübergang. Was sind das denn für hohe Zäune und darüber auch noch Stacheldraht. Gott, wie deprimierend! Gleich halten wir an. Heinrich, hast du die Papiere?«, fragt Emma ihren Mann.

»Aber natürlich. Wir wecken jetzt Karla. Es könnte sein, dass wir aus dem Zug aussteigen müssen. Da benutzt jemand eine Trillerpfeife.«

»Karla, du bist ganz still und sagst nichts, ist das klar?«

Jetzt steigen Grenzbeamte in den Zug. Einer führt einen großen Schäferhund an einer kurz gehaltenen Leine mit sich, der anscheinend den Auftrag hat, jeden Fahrgast und das Gepäck zu beschnüffeln.

»Papiere«, sagt der Grenzbeamte unfreundlich. Heinrich reicht sie ihm.

»Haben Sie irgendetwas dabei, das nicht eingeführt werden darf und nicht deklariert wurde?«

»Nein.«

Der Beamte schaut sich jeden einzelnen Pass und die Deklarationsliste über die mitgenommenen Sachen lange und gründlich an.

»Öffnen Sie die Koffer!«

»Jeden?«, fragt Heinrich.

»Natürlich jeden. Was denn sonst?«

Heinrich öffnet einen Koffer nach dem anderen. Der Beamte wühlt darin herum, findet aber nichts Unerlaubtes. Er lässt seinen Hund zusätzlich noch schnüffeln. Der scheint auch nichts zu finden.

»So, jetzt gehen Sie nach draußen. Wir geben Bescheid, wenn Sie wieder in den Zug einsteigen dürfen. Gute Weiterfahrt!«

Alle steigen aus. Nach und nach füllt sich der Bahnsteig mit Reisenden, die zunächst aus dem Zug verwiesen werden.

»Meine Güte, hier kommt man sich ja vor wie ein Verbrecher, der wer weiß was getan

71

hat. Wir wollen doch bloß unsere Verwandten besuchen. Die behandeln einen wie den letzten Dreck. Dabei sind die auch nicht besser als die Gestapo zu Hitlers Zeiten«, sagt ein Mitreisender zu Wilma.

»Da haben Sie Recht, aber seien Sie leise. Ich glaube, die sind in der Lage, einen nicht einreisen zu lassen, wenn denen irgendetwas nicht passt. Puh, ist das warm. Ich bin ganz verschwitzt und hoffe, dass wir bald weiter fahren. Meine Enkelin ist schon ganz eingeschüchtert«, antwortet Wilma und streicht mir über den Kopf.

»Oma, hier ist es so unheimlich. Alles grau und dieser böse Hund, ich habe Angst. Ich will hier weg!«

Nach einer gefühlten Ewigkeit wird mit der Trillerpfeife endlich das Signal zur Weiterfahrt gegeben und alle steigen wieder in den Zug ein. Langsam setzt er sich in Bewegung.

»Wann sind wir da?«, frage ich.

»Ein bisschen dauert es noch.«

Jetzt bin ich sehr still, hänge meinen Gedanken nach wie jeder aus meiner Familie. Ich werde zum ersten Mal meinen Onkel Ferdinand und seine Angehörigen sehen. Er hat auch eine Tochter, die ein paar Jahre älter ist als ich. Ich bin ganz gespannt auf diese Begegnung.

Nach ein paar zusätzlichen Stunden kündigt der Schaffner, der in jedem Abteil vorbei geht, den Halt in Chemnitz bzw. Karl-Marx-Stadt an.

»Endlich sind wir da. Ob sie wohl auf dem Bahnsteig auf uns warten?«, fragt Wilma eher sich selber. Der Zug rollt langsam in den Bahnhof ein.

»Da sind sie! Da sind sie!«, jubelt Emma und winkt aus dem Fenster. Heinrich wuchtet die Koffer auf den Boden, dann endlich steht der Zug. Alle gehen zu den Türen. Von außen öffnet jemand und Emma springt aus dem Zug in die Arme von Ferdinand.

»Mein lieber Ferdi! Da bist du ja. Ist das schön, dich endlich wieder zu sehen«, freut sich Emma.

Hinter ihr steigen Wilma, die mich an der Hand hält und danach Heinrich aus. Dann ist

Hände schütteln zur Begrüßung angesagt. Ferdinand hat seine Tochter Amalie mitgebracht, die schüchtern neben ihm steht. Sie gibt allen die Hand. Ich will nicht, bin erschöpft von der Reise, habe jetzt Hunger und Durst.

»Meine Frau ist gerade dabei, etwas Leckeres für uns zu kochen, soweit das bei uns möglich ist. Wir bekommen ja nicht alles. Ihr müsst uns ganz viel erzählen, wie es so bei euch läuft. Hier hört man immer nur Propaganda und sie ist meist gelogen«, erwidert Ferdinand.

»Wir nehmen den Bus. Der hält kurz vor unserer Wohnung. Es ist so schön, dass ihr hier seid.«

Als wir in Ferdinands Zuhause ankommen, sind alle sehr neugierig. Es ist ein altes Haus, in dem die Familie ein paar Zimmer hat. Ich bin nicht begeistert und rümpfe die Nase: »Hier stinkt´s.«

Emma spricht leise mit mir:

»Benimm dich. Wenn es dir nicht gefällt, sei trotzdem ruhig. Wir werden jetzt vierzehn

Tage hier bleiben. Verdirb du uns nicht die Freude unseres Wiedersehens.«

Ich verstehe nicht, warum ich meine wahren Gefühle nicht äußern darf. Eins weiß ich jetzt schon, ich werde mich hier nicht besonders wohl fühlen. Alle sprechen so merkwürdig, ich kann sie meistens nicht verstehen. Eine richtige Toilette gibt es auch nicht, nur ein Plumpsklo. Das finde ich ganz schrecklich. Dort stinkt es furchtbar und wenn ich dorthin gehen muss, halte ich mir die Nase zu. Fliegen schwirren umher. Nein, das ist überhaupt nichts für mich. Ich bin enttäuscht, müde und lustlos. Emma sagt immer wieder zu mir:

»Meine Güte, was bist du widerlich!« Und zu ihrem Bruder:

»Ich weiß gar nicht, was mit Karla los ist. Sonst benimmt sie sich nicht so schrecklich.«

Ferdinand äußert sich dazu:

»Na ja, das hier ist eine ganz fremde Umgebung für das Kind. Es ist sehr ungewohnt, vor allem, wenn sie noch nie in ihrem Leben woanders war als in ihrem Zuhause.

Ich kann es verstehen. Wenn ihr nächstes Mal kommt, leben wir vielleicht schon in unserer neuen modernen Wohnung mit Badezimmer. Den Antrag haben wir gestellt. Jetzt müssen wir noch ein paar Jahre warten, da ja alles nach Plan gebaut und vergeben wird. In der DDR herrscht Planwirtschaft. Einen Trabbi werde ich auch irgendwann mal haben. Darauf warten wir so zehn bis fünfzehn Jahre. In der Zwischenzeit ist Bus fahren angesagt. Die Abfahrtszeiten werden auch geplant, kleiner Scherz. Wir sind aber irgendwie zufrieden. Viele hier glauben tatsächlich das, was uns von der Regierung erzählt wird, nämlich dass ihr überhaupt nichts habt und wir euch unterstützen müssen. Wenn man überhaupt keine Verwandten oder Freunde in der BRD hat, kann man das natürlich für bare Münze halten. Wir sind jedenfalls froh, dass wir ab und zu mit euch Kontakt halten können.«

Nach für mich endlos langen zwei Wochen bin ich froh, dass wir wieder nach Waltfeld zurückfahren. Wilma und Emma sind traurig.

Sie wissen nicht, wann sie Ferdinand und seine Familie wiedersehen dürfen. Der Abschied fällt ihnen sehr schwer. Zu Weihnachten und zu Geburtstagen werden auf beiden Seiten Pakete verschickt. Es ist ein großes Fest, die Geschenke auszupacken und dadurch an die liebe Verwandtschaft und die Verbundenheit mit ihnen erinnert zu werden.

9. Schulstart und Schulalltag

Nach der Rückkehr aus Chemnitz bzw. Karl-Marx-Stadt werde ich eingeschult. Ich bin sehr aufgeregt. Wilma, Emma und Heinrich begleiten mich auf meinem Schulweg zur Grundschule. Ich trage einen kleinen Lederranzen und eine Schultüte. Darauf bin ich sehr stolz. Auf dem Schulhof befindet sich ein Fotograf, der die Kinder einzeln fotografiert mit einer großen Tafel, auf der steht: Mein erster Schultag.

Ich gehe mit vierzig anderen Kindern in eine Schulklasse. Der Klassenlehrer heißt Herr Moser. Ich mag ihn. Ich entwickele mich zu einer guten Schülerin. Allerdings traue ich mir nicht zu, mich öfters zu melden. Ich habe Angst vor einer falschen Antwort und glaube, dass die anderen Kinder viel schlauer und besser sind als ich. Ich bin sehr angepasst, wie die meisten Kinder in jener Zeit. Immer, wenn der Lehrer mich aufruft, erröte ich. Scham steigt in mir auf. Dann wird es noch schlimmer. Leider kann ich daran gar nichts verändern. Ich ärgere mich darüber. Emma besucht die Elternsprechtage, um zu erfahren, wie ich in der Schule klar komme.

»Karla soll sich mehr melden. Ich glaube, sie traut sich nicht und ist sehr still. Jedes Mal, wenn ich sie etwas frage, kann sie es, also weiß ich nicht, warum sie sich nicht traut«, sagt Herr Moser. Emma kann sich das auch nicht erklären.

»Zu Hause ist sie richtig frech und gibt Widerworte. Es wundert mich, dass es hier in der Schule anders ist. Na, ich werde sie schon noch richtig erziehen. Die Kinder haben zu gehorchen. Sind eben auch nur dumme Blagen!«

Manchmal reize ich Emma dermaßen, dass sie nicht mehr weiter weiß. Sie hat sich eine neue Strafe für mich ausgedacht: Haare schneiden. Ich finde lange Haare sehr schön und möchte meine ebenfalls lang tragen. Damit werde ich von Emma erpresst.

»Wenn du nicht gehorchst, schneide ich dir heute Abend die Haare.«

Das führt sie tatsächlich durch, und ich fühle mich richtig gedemütigt. Ich bin wütend, darf aber meine Wut nicht zeigen, sonst wird der grässliche Haarschnitt, den meine Mutter mir verpasst, noch hässlicher. Ich finde, ich trage einen Pottschnitt, ganz schrecklich! Ich könnte meine Mutter nur noch anschreien, aber dann folgt eine womöglich härtere Strafe. Ein kleines Kind, das sich nicht wehren kann und auch nicht wehren darf. So viele Verbote. Angst und Enge herrschen. Ich lerne zu funktionieren, das ist für meine Eltern das Wichtigste. Nicht anecken, aber gehorchen. Was für ein braves Kind! Das Funktionieren wird verinnerlicht, Grenzen gegenüber fremden Personen werden nicht gesetzt. Alle anderen haben immer Recht. Bin ich überhaupt erwünscht? Das Kind darf keine eigene Meinung haben, dann wird es sofort zurechtgewiesen. Es wird ihm nicht erlaubt, so zu sein, wie es möchte. Unbewusst wird das Kind bestraft. Emma und

80

Wilma durften nicht in die Tat umsetzen, was sie gerne hätten tun wollen. Anpassung ist von der Gesellschaft erwünscht, nicht Eigensinn. So wird dieses Verhalten an die nächste Generation weiter gegeben. Es ist das gleiche Muster. Irgendwann als Erwachsene wird es mir bewusst und ich bin in der Lage, das Muster zu durchbrechen. Doch welchen Preis habe ich bis zu diesem Zeitpunkt bezahlt? Selbstbestimmtes Leben bleibt ein Traum.

Ich gehe gerne zur Schule. Ich habe es nicht weit, wohne nur fünf Minuten von der Grundschule in Waltfeld entfernt. Besonders gern mag ich Diktate schreiben. Meistens habe ich darin null Fehler. Darauf bin ich sehr stolz. Über vierzig Kinder besuchen die gleiche Klasse. In den sechziger Jahren des zwanzigsten Jahrhunderts ist diese große Anzahl völlig normal. Die Lautstärke in den Klassen ist ziemlich gering, die Schüler sind sehr ruhig. Das liegt teilweise an dem ausgelebten Bewegungsdrang, in den Pausen wird auf dem Schulhof getobt und nach der Schule geht es meistens bis abends nach draußen zum Spielen. Viele Schüler hören zu, wenn der Lehrer oder die Lehrerin unterrichten. Keiner unterhält sich laut mit seinem Nachbarn, ansonsten werden Strafarbeiten verhängt. Die Eltern unterstützen die Lehrer und maßregeln ihr Kind auch schon mal bei vermeintlichem Fehlverhalten.

An einem schönen Sommerschultag will ich mit meiner Freundin Marie in der großen Pause, die zwanzig Minuten dauert, etwas Besonderes spielen. Als es läutet, laufen alle ganz schnell nach draußen auf den Schulhof.
»Marie, Marie, was spielen wir? Ich habe eine Idee. Wie wäre es mit Hochzeit? Du und Peter heiratet und ich und Paul sind die Brautführer. Schau mal, du trägst so ein schönes Tuch um deinen Hals. Das können wir als Schleier nehmen und Peter tut so, als hätte er einen eleganten schwarzen Anzug an.«

»Au ja, das machen wir! Peter! Komm her! Wir spielen Hochzeit! Du wirst mein Mann und Karla und Paul sind unsere Brautführer. Paul! Paul! Komm her!«

Paul kommt angelaufen und ich und Marie erklären ihm unsere Idee. Er ist nicht besonders begeistert davon.

»Och, bitte. Spiel einfach mit, nur diese eine Pause. Das macht dir bestimmt Spaß!«

»Okay, ich spiele mit, aber nur dieses eine Mal.«

Ich und Marie müssen kichern. Dann versuchen wir, ernst zu werden. Auf dem Schulhof steht ein großer alter Baum. Marie möchte, dass sie unter diesem Baum getraut werden. Wir Vier stellen uns auf. Marie neben Peter, ich hinter Marie und Paul hinter Peter. Dann beginnen alle voranzuschreiten, ganz langsam und feierlich. Ich muss grinsen. Oh, jetzt fehlt noch der Pastor.

»Sabine! Sabine! Komm hierhin! Du musst uns trauen, du bist der Pastor!«

Sabine hüpft zu uns. Sie kann sich vor Lachen kaum halten.

»Ich bin der Pastor? Hahaha. Ihr seht ja lustig aus und ich soll die Rede zu eurer Hochzeit halten? Ich lach mich tot. Hihihi.«

»Nun mach schon. Gleich ist die Pause zu Ende und wir sind immer noch nicht verheiratet«, sagt Marie und schaut Peter an.

»Na gut«, meint Sabine und versucht, sich eine Traurede auszudenken. Alle grinsen.

»Nun seid ihr Mann und Frau. Der Bräutigam darf die Braut jetzt küssen.«

Peter starrt Marie an.

»Na los!«

Peter schaut auf Maries Nasenspitze und gibt ihr ganz schnell und kurz einen Kuss dorthin.

»Iih«, sagt Marie und wischt sich mit dem Handrücken über ihre Nase. Es klingelt. Die Pause ist beendet. Die Kinder stellen sich in Zweierreihen auf und gehen nach Aufruf in das Schulgebäude und in ihre Klassenräume. Sie setzen sich auf ihre Stühle und holen Stifte aus ihren Ranzen. Jetzt wird ein Diktat geschrieben. Ich bin ganz aufgeregt. Ob ich wieder eine Eins bekomme? Die

Lehrerin möchte diktieren und anschließend soll das Nachbarskind das Geschriebene korrigieren. Marie sitzt neben mir. Wir werden gegenseitig die Fehler ankreuzen. Die Lehrerin beginnt mit dem Diktat. Als sie zu Ende gelesen hat, gebe ich Marie mein Heft und umgekehrt. Ich bin mir sicher, dass ich keinen Fehler gemacht habe. Ich schaue in Maries Heft und kringel ihre Fehler ein. Sie hat fünf. Sie hält ihren Arm vor mein Heft, und zwar so, dass keiner sehen kann, was sie dort tut. Ich habe das Gefühl, als würde Marie irgendetwas schreiben. Ich werde ein wenig unruhig.

»Du hast sechs Fehler. Warst auch schon besser.«

Ich schaue mir mein eigenes Heft an und die vermeintlichen Fehler, die ich begangen habe. Das ist doch gar nicht meine Schrift, denke ich. Ich schreibe die Buchstaben ganz anders. Marie hat einfach Fehler in mein Diktat eingebaut, weil sie es nicht ertragen kann, dass ich besser bin als sie. Ich ärgere mich über Marie, traue mich jedoch nicht, etwas zu sagen. Blöde Kuh!

Als ich wieder zu Hause bin, erzähle ich Emma davon.

»Das glaube ich nicht, was du da über Marie sagst. Die ist doch viel lieber als du. So etwas würde ich eher dir zutrauen als Marie«, sagt meine Mutter.

Ich bin extrem verletzt. Anstatt dass meine Mutter zu mir hält und mal mit Maries Eltern spricht, behauptet sie auch noch, dass ich lügen würde. Ich bin enttäuscht und glaube, dass keiner mich lieb hat. Emma kennt Marie überhaupt nicht so gut wie ich selbst und dann so etwas! Diese Demütigung werde ich niemals vergessen und ich schwöre mir, dass ich Emma nie wieder etwas Wichtiges über mich selbst erzählen werde. Das ist meine Strafe für meine Mutter. Lieber erzähle ich alles meiner Oma Wilma, mit der kann ich sowieso besser reden. Die hat wenigstens Verständnis für mich. Meine eigene Mutter glaubt mir nicht und sie nimmt mir jede Freude mit einem miesen Kommentar weg, als ob sie mir nicht gönnt, fröhlich zu sein, nur weil sie es selbst nicht kann, warum auch immer.

Als Kind fehlt die Einsicht für psychologische Vorgänge. Irgendwie spielt eine diffuse Angst eine große Rolle in meiner Kindheit. Ich weiß nicht, woher diese kommt und wohin sie führen wird. Das wird sich mir erst später als Erwachsene erschließen.

10. Gymnasium

»So, morgen ist Elternsprechtag im Gymnasium und ich werde Frau Berger besuchen und sie fragen, wie du dich in der Schule so benimmst. Zuhause ist das ganz fürchterlich, das werde ich ihr auch erzählen und sie soll dich mal richtig rannehmen«, sagt Emma zu mir.

Was hat die denn schon wieder, denke ich, sage aber nichts. Ich werde die Erlebnisse des Tages abends in mein Tagebuch schreiben. Das hilft immer sehr und ich kann mich so schön über meine Mutter aufregen, ohne dass die etwas davon mitbekommt. Ich bin manchmal so wütend auf sie. Mein Vater hilft mir auch nicht. Der schweigt die meiste Zeit und ist irgendwie geistig abwesend. Meiner Freundin Marie kann ich so einiges erzählen, aber alles? Nein, das möchte ich nicht. Dann lieber einen Eintrag ins Tagebuch.

Am nächsten Vormittag hat sich Emma von ihrer Arbeit frei genommen, damit sie in meine Schule gehen kann. Eine halbe Stunde läuft sie zu Fuß dorthin. Sie ist pünktlich, muss allerdings noch warten, weil die Sprechstunde der Vorgänger länger dauert und noch drei Elternteile vor ihr dran sind. Sie überlegt in der Zwischenzeit, was sie Frau Berger fragen möchte. Nach einer halben Stunde Wartezeit wird sie in den Klassenraum gerufen.

»Frau Genera, bitte kommen Sie doch herein. Guten Tag, ich bin Frau Berger und unterrichte Ihre Tochter Karla in Englisch und Erdkunde. Was kann ich für Sie tun?«

»Ich möchte gerne wissen, wie sie sich so in der Schule hier benimmt. Zu Hause hat sie eine furchtbar große Klappe, ist sehr widerspenstig und gehorcht mir überhaupt nicht mehr. Na ja, das wird wohl die beginnende Pubertät sein, so mit 12, 13 Jahren. Sie erzählt mir auch nichts. Früher war sie so lieb und brav, aber jetzt, ich kann sie kaum noch bändigen.«

»Die beginnende Pubertät ist natürlich nicht einfach, auch für uns Lehrer nicht.

Karla ist sehr angepasst, sie meldet sich kaum, aber wenn ich sie frage, hat sie immer die richtige Antwort parat. Ich kann mir gar nicht vorstellen, dass sie zuhause so frech sein soll.«

»Ist sie aber. Ich fände es sehr hilfreich, wenn Sie sie richtig oft antworten lassen, auch wenn sie sich nicht meldet. Vielleicht kommt sie dann zu Hause wieder zur Vernunft. Ich kann ja nicht mehr ständig auf sie einprügeln. Mein Mann ist mir auch keine Hilfe, als Frührentner. Er redet immer nur über antiautoritäre Erziehung und lässt sich alles von ihr gefallen. Da weiß ich auch nicht mehr weiter.«

»Ja ja, es ist schon schwierig mit den Jugendlichen in diesem Alter. Leider müssen wir da alle durch. Ich werde es mal versuchen mit Ihrem Rat, Karla oft antworten zu lassen.«

»Das passt mir sehr gut. Vielleicht kommt sie dann wieder zur Vernunft. Geschwister hat sie ja leider nicht. Ich wollte eigentlich eine ganze Kinderschar haben, aber mein

Mann ist zwanzig Jahre älter als ich und er wollte nicht mehr als eins. Na ja, kann man ihm nicht verdenken. Ich danke Ihnen erstmal für Ihre Unterstützung und hoffe, dass mein Plan aufgeht.«

»Gut, Frau Genera. Ich werde versuchen, Ihre Tochter zu bändigen, aber wie gesagt, in der Schule ist sie sehr still! Dann bis zum nächsten Mal. Auf Wiedersehen.«

»Auf Wiedersehen, Frau Berger.«

Emma geht nach Hause und erzählt ihrem Mann Heinrich, was Frau Berger über mich gesagt hat und dass sie Emma bei ihrem Erziehungsversuch zur Seite stehen möchte. Heinrich ist nicht so begeistert davon. Sein Vater und seine Mutter waren auch Lehrer, aber damals in den zwanziger Jahren des zwanzigsten Jahrhunderts war eine andere Zeit. Sein Vater soll allerdings sehr fortschrittlich gewesen sein. Heinrich meint, dass sie mich doch so lassen sollen, wie ich bin, ohne mich zu verbiegen. Emma ist überhaupt nicht einverstanden.

»Das Kind hat mir zu gehorchen! Was sollen denn die Leute denken, wenn die macht, was sie will? Das fällt alles auf mich zurück! Nein, sie tut, was ich will!«

Am nächsten Tag habe ich Englischunterricht bei Frau Berger. Ich wundere mich, dass sie mich ständig fragt, obwohl ich mich nicht melde. Meine Antworten sind allerdings richtig und nicht zu beanstanden. Plötzlich sagt Frau Berger vor allen Mitschülern zu mir: »Karla, deine Mutter hat mir erzählt, dass du zu Hause immer so frech bist und in der Schule kannst du kein Wässerchen trüben, sagst nichts und wirkst so unschuldig. Ich werde deine Mutter dahingehend unterstützen, dass ich dich ganz oft drannehmen werde, wenn du dich nicht meldest. Hast du das verstanden?«

Die ganze Klasse ist auf einmal still und ich wünsche mir, irgendwohin zu verschwinden. Ich habe das Gefühl, als ob alle Mitschüler mich anschauen. Wie schrecklich! Ich werde ganz rot und schäme mich.

Warum sagt meine Mutter so etwas? Ich traue mich einfach nicht, mich zu melden aus Angst vor einer falschen Antwort und der Blamage, dass meine Klassenkameraden mich dann auslachen. Warum versteht meine Mutter das nicht? Ich schaue meine Freundin Marie an. Die guckt weg. Ich fühle mich so allein gelassen. Niemand hilft mir. Sogar meine Englischlehrerin ist gegen mich. Dabei habe ich doch überhaupt nichts Böses getan. Ich fühle mich genauso, wie als kleines Kind, als ich Prügel bezogen habe, weil ich ohne Geld etwas kaufen wollte. Der Standardspruch meiner Mutter ist immer: »Was sollen die Leute denken?« Ich habe das Gefühl, dass alle anderen wichtiger sind als ich. Wozu bin ich überhaupt auf der Welt, wenn ich zu Hause nur störe, nichts sagen darf und nur gehorchen soll? Nie wieder werde ich meiner Mutter etwas von mir erzählen. Sie macht alles kaputt und ich kann mich nicht wehren! Ständig sagt sie, ich bin doch nur ein dummes Balg! Irgendwann glaube ich das dann auch, denke ich für mich. Nachher gehe ich in unseren Garten und spiele draußen bis heute Abend. Ich werde ihr nichts mehr sagen, überhaupt nichts. Ich bin so wütend! Ich schreibe alles in mein Tagebuch. Das verstecke ich an einem Ort, wo es nicht gefunden werden kann. Ich hasse die blöde Ziege! Wenn ich groß und erwachsen bin, werde ich es ihr zeigen! Das hat sie dann von ihrem demütigenden Verhalten, die doofe Kuh! Ich bin äußerst zornig und würde am liebsten irgendetwas zerschlagen, um meine Aggressionen loszuwerden. Wenn ich wieder zu Hause bin, beginne ich mit der Umsetzung. Bis dahin werde ich meine Wut in meinem Inneren einsperren!

11. Transzendentale Meditation

Seit Sommer 1977 besuchen Marie und ich die Oberstufe des Gymnasiums in Waltfeld. Wir treffen uns immer morgens an der Kreuzung unserer jeweiligen Straßen und gehen zusammen eine halbe Stunde zu Fuß zur Schule. Eine morgens fragt mich Marie:

»Sag mal, Karla, hast du Lust, mit zur transzendentalen Meditation zu kommen? Meine Eltern, Schwestern und Schwager nehmen auch teil. Ich war schon ein paar Mal dabei und es hat mir sehr gut gefallen. Der Erfinder ist Maharischi Mahesh Yogi.«

»Ist das die Meditation, der die Beatles gefolgt sind?«

»Ja, es soll, wenn morgens und abends regelmäßig jeweils ca. zwanzig Minuten geübt wird, sehr entspannen. Die Konzentrationsfähigkeit steigt und es heißt, der Geist wird positiv beeinflusst. Was meinst du, kommst du mit?«

»Hm, hört sich interessant an. Das können wir alles gut gebrauchen, wenn wir unser Abitur bestehen wollen. Kann ich einfach mal reinschnuppern und schauen, ob mir das gefällt?«

»Klar. Die beiden TM Lehrer sind homosexuell, wird behauptet, ob das jetzt tatsächlich stimmt, weiß ich nicht.«

»Mir doch egal, ob homo oder hetero oder sonst was. Hauptsache, die bringen uns vernünftig das Meditieren bei. Ich muss allerdings erstmal meine Eltern fragen, ob ich da mitmachen darf, aber wenn deine ganze Familie dabei ist, dürfte es eigentlich kein Problem sein. Die Gerüchte über die Homosexualität werde ich meinen Eltern verschweigen, sonst drehen die durch mit ihren Vorurteilen. Wann findet denn das nächste Mal statt?«

»Übermorgen.«

»Okay, ich gebe dir morgen Bescheid.«

Als Emma hört, dass Maries Eltern und Geschwister ebenfalls dabei sind, hat sie nichts gegen meine Teilnahme. Meinem

Vater geht es schon länger nicht gut und er macht den Eindruck, als ob es ihn nicht interessiert, womit ich mich beschäftige.

Marie freut sich. Wir fahren zusammen mit ihren Eltern zur Meditationsstätte. Ich bin ganz gespannt, was uns dort erwartet. Wir steigen aus dem Auto und gehen zum Haus. Dort steht an einer Klingel TM. Marie drückt. Der Summer öffnet die Tür. Am Ende des Flurs befindet sich eine Tür, in der ein freundlicher junger Mann steht und alle mit Handschlag begrüßt. Die Wohnung ist riesig. In einem Raum stehen mehrere Stühle. Dort wird meditiert. Ein zweiter, sehr netter Mann begrüßt uns Gäste. Alle betreten den Raum und setzen sich. Es duftet angenehm nach Weihrauch, in der Mitte des Zimmers steht eine Vase mit frischen Blumen. Die beiden heißen Klaus und Herbert. Zunächst erklären sie, was transzendentale Meditation bedeutet und wie der Abend ablaufen wird. Ich bin gespannt. Ich höre genau zu und schließlich beginnen wir. Alle schließen die Augen und versuchen, sich nichts vorzustellen. Irgendwie kitzelt mich ein Lachreiz. Plötzlich bricht es aus mir heraus und ich fange an zu lachen. Das ist ansteckend. Nach kurzer Zeit lacht die ganze Runde. Hört einer auf, fängt ein anderer wieder an. Na, das kann ja heiter werden, denke ich, wenn das immer so ist. Anschließend erklärt Klaus, dass es nach ein paar Wochen Teilnahme für jeden eine Einweihung, also eine Aufnahme mit einem speziellen Ritual gibt. Jeder erhält dabei sein ganz eigenes Mantra und befindet sich dadurch auf dem Weg der Erleuchtung. Mir und Marie macht es Spaß und nach einigen Wochen ist es soweit. Wir werden tatsächlich eingeweiht. Ich versuche, jeden Morgen und Abend jeweils zwanzig Minuten zu meditieren. Manchmal habe ich keine Lust und lasse es dann. In einer bekannten Zeitung steht, dass es sich bei Mitgliedern der Organisation um eine Sekte handelt. So ein Quatsch, denke ich. Allerdings dürfen meine Eltern diesen Artikel nicht in die Finger bekommen, da sie mir sonst verbieten würden, weiterhin zur Gruppe zu gehen.

Nach einem Jahr fleißigen Übens frage ich Marie: »Sag mal, hast du schon gemerkt, ob du dich besser konzentrieren kannst, seit du meditierst?«

»Ja, hab ich«, sagt Marie.

»Ich nicht, irgendwie bin ich ein bisschen enttäuscht, aber ich werde weiter üben. Was machen wir denn auf unserer Studienfahrt nach Paris? Am besten wäre doch, wenn wir ein Zimmer für uns alleine hätten. Sollen wir mal fragen, ob das geht?«

»Klar, ich hoffe doch! Wir erzählen es unserem Studienleiter und die anderen können dann in ihrem Zehn-Mann-Raum übernachten. Dazu hab ich eh keine Lust. Du etwa?«

»Nö, wir hätten keine ruhige Minute fürs meditieren.«

»Das sehe ich genauso.«

Wir fragen unseren Studienleiter und erstaunlicherweise sagt er ja zu unserem Plan. Die anderen Mitschüler werden ebenfalls unterrichtet, sind jedoch nicht begeistert davon.

»Ihr wollt auch dauernd eine Extrawurst. Transzendentale Meditation, haha, was ist denn das?«

»Wenn man jeden Tag versucht, morgens und abends mit geschlossenen Augen an ein bestimmtes Wort oder nichts zu denken, kann man sein Bewusstsein erweitern, so wird es jedenfalls gesagt.«

»Und? Habt ihr schon euer Bewusstsein erweitert?«, fragt unsere Mitschülerin Marion sehr herablassend und verdreht dabei die Augen.

»Das ist doch nur lächerlich. Und du, Karla, tust auch ständig, was Marie will. Bist ein richtiges Anhängsel, das zu allem ja und Amen sagt. Na, ihr werdet schon sehen, was ihr davon habt. TM. Phhh..«

Das klingt sehr verächtlich. Marie und ich fühlen uns unverstanden, aber jede Erklärung von uns wird von den anderen abgewertet. Also reden wir nicht mehr mit ihnen darüber.

Dann ist es endlich soweit. Die Studienfahrt nach Paris beginnt. Marie und ich bekommen unseren eigenen Raum, das heißt, in diesem Jugendgästehaus hat das Zimmer vier Betten, die wir für uns alleine beanspruchen dürfen. Wir sind begeistert. Die anderen werden in großen, mindestens zehn Jugendliche aufnehmende Räume untergebracht. Marie und ich schauen uns alles an und sind froh, dass wir alleine wohnen. Wir können ungestört meditieren. Die nächsten Tage sind straff durchorganisiert mit Besuch des Eiffelturms, der Bastille, des Louvre und viele andere Sehenswürdigkeiten einschließlich Versailles. Abends sind wir alle erschöpft, aber wir sind jung und wollen etwas erleben. Es befinden sich einige Japaner unter den Gästen und so wird ein japanischer Abend mit Essen und Kimonotragen organisiert. Marie hat einen Jungen kennen gelernt und möchte mit ihm in das Zimmer, in dem sie und ich schlafen. Ich bin nicht begeistert, weil es für mich heißt, dass ich zunächst draußen bleiben soll.

»Ich gehe dann mal zu den anderen ins Riesenzimmer«, sage ich.

»Hallo. Wie ist es hier denn so in diesem großen Raum?«

»Ach, ganz nett. Jeder kann sich mit jedem unterhalten und wer schlafen möchte, legt sich einfach aufs Bett. Aber wir sind ja nicht nur zum Schlafen hier. Wie ist es denn bei dir?«

»Auch ganz schön. Marie hat irgend so einen Typen aufgegabelt und jetzt soll ich draußen bleiben. Hoffentlich dauert das nicht so lange.«

»Aha, Marie. Ist klar. Willst du nicht bei uns bleiben? Lass dir von der doch nicht immer alles gefallen.«

»Wir wollten es doch so, damit wir meditieren können. Ich schau mal nach, was sie macht.«

»Okay. Dann bis nachher oder bis gleich, je nachdem, was dort passiert.«

»Ja, nerv«, seufze ich resignierend. Ich gehe wieder zurück zu unserem Zimmer, bleibe vor der Tür stehen und klopfe an.

»Herein«, ruft Marie fröhlich. Sie sitzt mit einem jungen Mann auf dem Bett und unterhält sich mit ihm.

»Das ist Francois. Er kommt aus Marseille.«

»Hallo Francois, ich bin Karla. Gleich gibt es Abendessen und danach findet diese japanische Feier statt. Bist du auch dabei, Marie, oder hast du noch anderweitig zu tun?«, frage ich in ironischem Tonfall.

»Ich bin dabei«, sagt Marie.

»Francois hat heute seinen letzten Abend. Er muss mit seinen Mitschülern zusammen irgendwas organisieren. Was, habe ich nicht verstanden. Egal. Geh du schon mal voraus. Ich komme gleich nach.«

»Okay.«

Jetzt schickt sie mich schon wieder fort. Warum lasse ich mir das von ihr gefallen, frage ich mich. Den anderen ist das bereits aufgefallen. Ich gehe noch ein bisschen zu ihnen. Jedenfalls bin ich nicht auf Marie angewiesen, sage ich mir.

Die japanische Feier ist sehr schön, es gibt leckeres Essen und Trinken und Musik. Man unterhält sich. Ich finde mich so langweilig. Ich habe keinen Jungen aufgerissen, bin brav und angepasst wie immer. Ich wünsche mir, ich wäre anders und würde auch mal über die Stränge schlagen. Warum vergleiche ich mich ständig mit anderen? Das zieht mich herunter. Irgendwie habe ich Angst. Was für eine Angst ist das denn? Wahrscheinlich vor Strafe und Liebesentzug. Die alten Glaubenssätze aus der frühen Kindheit sitzen tief und fest und werden mir erst bewusst, wenn ich schon ein paar Jahrzehnte Leben hinter mir habe.

Nach der Studienfahrt lerne ich Henri kennen. Ich gehe fast jeden Samstag in die Disco der Tanzschule Schulze. Dort treffe ich mich mit anderen Mädchen in meinem Alter. Ich habe gelernt, alleine irgendwohin zu gehen, wenn ich Lust dazu habe und nicht zu warten, bis vielleicht irgendjemand auf Nachfrage mitkommt. Diese Samstagstreffen machen mir Spaß und ich kann tanzen, mit wem ich will und wie lange ich will. Wir unterhalten uns über die Schule und natürlich Jungs. Eines Tages tanze ich mit einem Jungen, der Henri heißt. Es macht Spaß und wir beide können uns sehr gut zusammen unterhalten. Als die Disco zu Ende ist, möchte Henri mich nach Hause begleiten. Ich habe nichts dagegen.

Zu Hause angekommen verabschieden wir uns und Henri fragt mich, ob wir uns wiedersehen können. Ich freue mich. Wir gehen ein paar Mal essen und in die Disco und verlieben uns. Emma ist begeistert von Henri.

»Das ist so ein netter junger Mann, Karla. Den musst du dir warm halten.«

»Mein Gott, wie redest du denn wieder? Das ist doch meine Sache. Misch du dich da nicht ein!«

Ich bin genervt von Emma. Sie muss zu allem ihren Kommentar abgeben. Ich möchte gerne in Ruhe gelassen werden. Während dieser Zeit geht es meinem Vater gesundheitlich immer schlechter und er wird bettlägerig. Ich weiß gar nicht, was ich fühle. Gefühle werden in unserer Familie verdrängt und unterdrückt. Dieses Muster stammt noch aus den Kriegszeiten, die meine Oma, meine Mutter und mein Vater miterlebt haben. Heinrich hat sich in Schweigen eingenistet und scheint oder schien sich vermeintlich darin wohl zu fühlen. Manchmal glaube ich, ich trage irgendwelche schweren Lasten auf meinen Schultern. Wie und was kann das sein? Ich kann nicht erklären, woher das kommt, möchte auch nicht mit anderen darüber sprechen, weil ich Angst habe, ausgelacht zu werden.

12.   Ein letztes Aufbäumen

»Tschüssi, bis morgen«, sage ich zu meiner Freundin Marie, als wir uns an der Straßenkreuzung verabschieden. Wir überqueren die Straße und ich bin in zwei Minuten zu Hause. Marie und ich gehen jeden Tag zu Fuß zu unserem Gymnasium und wieder zurück. Immer den gleichen Weg. Wir treffen uns morgens an der Kreuzung, gehen eine halbe Stunde zur Schule und sind immer pünktlich dort. Wir sind sechzehn Jahre alt. Diesen speziellen Tag werde ich jedoch nie vergessen.

Ich öffne das Tor neben unserem Haus und gehe den Weg entlang bis zur Eingangstür. Meine Mutter arbeitet. Sie hat wieder angefangen nach einem Jahr, in dem sie meinen Vater gepflegt hat. Nun muss er alleine im Bett liegenbleiben, bis sie zurückkehrt. Er kann nicht mehr aufstehen und muss gewickelt werden wie ein kleines Baby oder Kind. Sprechen kann er auch nicht. Es kommen nur noch Laute aus seinem Mund. Wenn ich das Schlafzimmer betrete und ihn in seinem Bett liegen sehe, so hilflos und stumm, verkneife ich mir das Weinen. Was ist aus ihm geworden? Wieso muss ich seinen Verfall jeden Tag mit ansehen? Es ist kein schöner Anblick. Ich schaue zu ihm hin, er schaut zurück und ich erzähle ihm irgendetwas, egal was. Ob das bei ihm ankommt, weiß ich nicht. Ich habe ein schlechtes Gewissen, da ich früher manchmal so unfreundlich zu ihm war. Ich wollte ihn einfach provozieren, ihn zu irgendeiner Reaktion zwingen, wenn ich ihn beschimpft habe. Es kam aber nichts von ihm. Er saß stoisch auf seinem Stuhl und tat so, als ob ihn das alles nichts anginge. Geschwiegen hat er. Ich weiß nicht, was er dachte und fühlte. Er erzählte auch nie von seinen Kriegserlebnissen. Er befand sich in russischer Gefangenschaft, das ist alles, was ich weiß.

An diesem Tag, an dem ich von der Schule nach Hause komme, ist alles anders. Ich schließe die Haustür auf, gehe in den Flur hinein und stelle als erstes meine Schultasche auf die Treppenstufe. Ich weiß, dass meine Mutter noch arbeitet. Ich gehe langsam die Treppe hinauf in den ersten Stock und überlege, welche Hausaufgaben ich zuerst erledige. Seit ich zehn Jahre alt war, hat unsere Familie die vier Zimmer der ersten Etage gemietet. Der frühere Vermieter und seine Schwester sind schon lange tot. Der Sohn hat das Haus geerbt und ist in die Fußstapfen seines Vaters getreten. Ganz links befindet sich die Küche, daneben links geradeaus das Wohnzimmer, rechts geradeaus das Schlafzimmer und ganz rechts mein eigenes Zimmer. Dorthin möchte ich gehen, bleibe jedoch wie erstarrt stehen. Ich höre einen Laut von oben, bekomme Gänsehaut und erschrecke mich. Auf der Treppe zum oberen Stockwerk steht mein Vater, hält einen Stuhl vor seinem Körper in den Händen und brüllt etwas Unverständliches. Er, der nur noch im Bett liegen kann, ist aufgestanden, hat sich einen Stuhl geholt und will irgendetwas damit anstellen. Ich schaue ihn an und zittere vor Angst. Will er mir etwas antun? Er brüllt immer noch. Ich renne ganz schnell ins Wohnzimmer, knalle die Tür hinter mir zu und schließe sie ab. Ich überlege, was ich unternehmen kann. Mein Hirn ist völlig gestresst. Niemand ist hier außer meinem Vater und mir. Das Telefon steht auf einem kleinen Tischchen. Ich muss irgendwen anrufen. Die Telefonnummer der Arbeitsstelle meiner Mutter kenne ich nicht. Was mache ich bloß? Völlig aufgelöst fällt mir meine Oma Wilma ein. Ich nehme den Hörer ab und wähle ihre Nummer. Zum Glück meldet sie sich sofort.

»Oma, Oma, kannst du Mama Bescheid geben, dass sie ganz schnell nach Hause kommen soll? Der Papa steht mit einem Stuhl auf der Treppe und sieht aus, als wolle er alles kurz und klein schlagen. Der kann doch eigentlich gar nicht mehr aufstehen. Jetzt steht er an der Wohnzimmertür und schlägt auf sie ein. Oma, ich habe solche

Angst, dass er mich erschlägt. Was soll ich nur tun?«

»Kind, bleib ganz ruhig. Ich rufe deine Mutter an, dass sie so schnell wie möglich nach Hause kommt und am besten den Doktor von deinem Vater. Ich werde auch so schnell wie möglich zu euch kommen. Bleib, wo du bist, dann passiert dir nichts.«

»Ist gut.«

Ich schluchze und weine. Auf einmal ist es vor der Tür ganz still. Ich traue mich nicht, die Wohnzimmertür aufzuschließen, da ich befürchte, dass er immer noch mit dem Stuhl vor der Tür steht. Das Wohnzimmer hat zwei Türen, eine führt hinaus in den Flur und die andere, mit einem durchsichtigen Glasfenster, direkt in die Küche. Plötzlich höre ich ein Poltern aus der Küche. Ich sehe meinen Vater vor der Wohnzimmertür stehen. Mit dem Stuhl schlägt er auf sie ein. Ich schließe ganz schnell die andere Tür auf und flüchte in mein Zimmer, das ich abschließe. Dort befinden sich zwei Fenster. Ich entscheide, aus dem einen Fenster nach draußen zu springen. Bis zum Erdboden sind es ungefähr eineinhalb Meter. Da kann mir eigentlich nichts passieren, trotzdem habe ich Angst. Ich springe und laufe auf die Straße, meiner Mutter entgegen. Sie ist schon an der Kreuzung.

»Was ist denn los? Was ist mit Papa?«

Ich weine und schluchze die ganze Zeit.

»Der – Papa – stand auf der Treppe, als – ich eben aus – der Schule gekommen bin. Er hatte einen Stuhl in seinen Händen und wollte auf mich einschlagen. Ich fürchte mich so sehr. Was machen wir denn jetzt?«

»Okay, mal ganz ruhig. Komm, wir schauen nach.«

»Ich geh da nicht rein. Wenn der hinter der Tür steht und dann auf uns eindrischt. Nein, ich habe Angst vor ihm.«

Meine Mutter öffnet ganz vorsichtig die Haustür und schaut die Treppe hinauf. Dort ist niemand.

»Heinrich! Heinrich, wo bist du?«

Wir hören ein Wimmern aus der Küche. Vorsichtig steigen wir die Treppe hinauf und öffnen die Küchentür. Er liegt auf dem Boden, den Stuhl auf seinem Körper.

»Was machst du denn für Sachen?«

Meine Mutter nimmt den kaputten Stuhl und stellt ihn an die Seite.

»Wir warten jetzt auf den Doktor. Der muss uns helfen, dich hochzuhieven und wieder ins Bett zu bringen. Mach das bloß nicht noch mal. Du hast uns einen riesigen Schrecken eingejagt. Hörst du mich?«

Er schaut uns nur an, spricht aber nicht. Es klingelt an der Haustür. Oma Wilma ist angekommen.

»Seid ihr alle unversehrt?«

»Ja, uns ist nichts passiert.«

Es klingelt wieder. Diesmal ist es der Doktor. Er hört sich an, was ich ihm schildere. Unterdessen untersucht er meinen Vater. Der ist ganz still, als wären seine letzten Lebenskräfte aus ihm ausgesaugt worden.

»Na, Herr Heinrich, was haben Sie denn angerichtet? Ich glaube, wir bestellen einen Krankenwagen und bringen Sie erstmal ins

Krankenhaus. Da werden Sie gründlich untersucht und es kann hoffentlich die Ursache für das alles hier herausgefunden werden. Karla, was ist mit dir? Bist du in Ordnung? Du zitterst ja wie Espenlaub.«

»Geht so«, sage ich und merke, dass die Anspannung langsam nachlässt. Kurze Zeit später trifft der Krankenwagen ein. Zwei Männer und der Doktor versuchen, meinen Vater auf die Trage zu legen, was ziemlich schwierig ist aufgrund seiner Körperfülle. Ein paar Minuten später ist meine Mutter zusammen mit ihrem Mann Heinrich im Krankenwagen Richtung Krankenhaus verschwunden. Irgendwie bin ich erleichtert. Oma Wilma beruhigt mich und bleibt erstmal bei mir. Der Doktor packt seine Sachen zusammen.

»Was, meinen Sie denn, ist mit ihm passiert, Herr Doktor? Das war ja jetzt eine riesige Aufregung für uns alle, vor allem für meine Enkelin Karla.«

»Nun ja, ich glaube, er hatte einen Schlaganfall, bedingt durch den oder die Splitter aus dem Krieg, die noch in seinem Körper sind und dort herumwandern. Es tut mir leid. Ihre Tochter hat sehr viel durchgemacht in der letzten Zeit. Vielleicht war das ein letztes Aufbäumen vor dem Tod, ich weiß es nicht, kann aber auch nicht sagen, wie lange er in so einem Fall noch leben wird.«

»Gibt es denn nicht irgendeine Unterstützung? Meine Tochter Emma ist völlig überfordert. Ich weiß nicht, wie lange sie das noch durchhält.«

»Leider sieht es zur jetzigen Zeit schlecht aus. Eine Pflegeversicherung oder Ähnliches existiert nicht. Vielleicht können die Nachbarn oder die Geschwister Ihres Schwiegersohnes Ihrer Tochter helfen.«

»Ich versuche, ihr das so mitzuteilen. Sie meint immer, bloß keine Hilfe holen, alles alleine schaffen. Sie will das mit sich selber ausmachen und auf gar keinen Fall von irgendjemandem abhängig sein. Warum hat sie bloß so einen alten Mann geheiratet, der ist ja nicht viel jünger als ich? Aber das weiß nur sie allein.«

Ich verschwinde in meinem Zimmer und lege mich auf mein Bett. Nach all der Aufregung versuche ich, ein bisschen ruhiger zu werden. So lange er im Krankenhaus ist, muss ich keine Angst haben, dass er wieder durchdreht wie heute. Vielleicht haben wir mit dem Schlimmsten zu rechnen. Wie wird es dann weitergehen? Na ja, ich bin nicht mit ihm verheiratet, das liegt in der Verantwortung meiner Mutter.

13.   Vor dem Abitur

Ich bin achtzehn Jahr alt, volljährig, möchte das Abitur bestehen und überlege, was ich danach mit meinem Leben anfange. Ausbildung oder Studium? Emma sagt immer wieder zu mir:

»Eine vernünftige Ausbildung muss sein! Ich wurde gleich zum Arbeiten geschickt, ohne Lehre. Wenn du einen richtigen Abschluss hast, ist das sehr gut. Dann bist du unabhängig und keiner kann dich herumkommandieren! Entweder Lehre oder Studium mit Abschluss, nicht, dass du noch auf der Straße landest. Das wäre schlimm.«

Meine Güte. Warum sollte ausgerechnet ich auf der Straße landen? Weil ich nicht das mache, was sie von mir verlangt? Das ist absurd, für mich jedenfalls. Wahrscheinlich hat sie irgendwelche diffusen Ängste und malt sich schreckliche Dinge aus.

Ich denke über einen passenden Beruf für mich nach. Sprachen interessieren mich,

Innenarchitektur, Sozialarbeit, Kindergarten, auf keinen Fall ein langweiliger Bürojob. Auf die Idee, in den Ferien oder mal nachmittags in einer Firma zu hospitieren, kommt keiner. Ich auch nicht. Ende der Siebziger war so etwas für Gymnasiasten kaum möglich. Es wurde fast vorausgesetzt, dass ein Studium begonnen wurde. Diese Entscheidung ist für mich sehr schwierig. Letztendlich wird es eine dreijährige Ausbildung und anschließend eine dreijährige Fortbildung zu einem anspruchsvollen Beruf.

Eines Abends möchte ich mit Henri, meinem Freund, ins Kino gehen und anschließend in irgendeine Kneipe. Ich sitze auf meinem Bett in meinem Zimmer und träume vor mich hin. Plötzlich betritt Emma, wütend und aufgeregt, das Zimmer.

»Geht das jetzt immer so weiter, dass du erst nach 22 Uhr zu Hause bist? Und das mitten in der Woche, wenn du am nächsten Tag Schule hast? Was macht ihr da eigentlich immer? Euch betrinken? Der Henri muss doch am nächsten Tag arbeiten.«

»Was für ein Frevel! Na und? Ich bin 18, volljährig und erwachsen. Du hast mir überhaupt nichts mehr zu sagen! Ich gehe, wann ich will, wohin ich will und mit wem ich will. Hast du das immer noch nicht kapiert?«

»Sei nicht so frech, du alte Schlampe! Dein Zimmer könntest du auch mal wieder aufräumen!«

Ich stehe wutentbrannt auf, nehme meine Tasche und Jacke und renne fast aus meinem Zimmer hinaus. Mir laufen die Tränen die Wangen hinunter und ich schreie, bevor ich die Haustür aufreiße:

»Du kannst mich mal! Ich mache, was ich will! Du hast nicht mehr zu entscheiden, was ich tue und über mich schon gar nicht! Bin ich froh, wenn ich hier weg bin! Dann kannst du sehen, wie du fertig wirst!«

Ich knalle die Tür zu und warte auf dem Bürgersteig vor dem Haus auf Henri, der mich mit seinem Auto abholen will. Meine Mutter geht mir tierisch auf die Nerven! Ständig hat sie etwas an mir auszusetzen. Dies passt ihr nicht, das passt ihr nicht. Dann hat sie eben Pech gehabt! Ich lasse mich von ihr überhaupt nicht mehr beeinflussen. Ich bin voller Rachegefühle und sehr wütend! Schon als Kind wollte sie mir immer ihren Willen aufzwingen und hat es auch geschafft, allerdings nur mit Demütigung als Strafe für Ungehorsam. Meine Mutter kennt mich überhaupt nicht. Ich erzähle ihr nichts von meinen Gefühlen und Gedanken. Wenn ich mich freue und ich versuche, ihr diese Freude mitzuteilen, bekomme ich immer nur negative Kommentare. Diese sind zu Glaubenssätzen geworden, die ich mittlerweile unbewusst verinnerlicht habe. Später, wenn ich älter bin, wird es schwer sein, sie wieder ins Bewusstsein zu holen und in etwas Positives umzuwandeln.

14. Zwischengedanken

Ich glaube, reden ist nicht so mein Ding. Hierbei könnte es sich jedoch um einen der alten, negativen Glaubenssätze handeln. Einen großen Anteil daran hat Emma. Als ich noch jünger und ein Kind war und immer, wenn ich von anderen etwas gefragt wurde und meine Mutter war dabei, hat sie einfach für mich geantwortet, auch wenn ich eine ganz andere Antwort geben wollte. Ich konnte mich nicht durchsetzen, habe irgendwann resigniert und bin verstummt. Ich komme mir so maßlos dumm vor. Kein Wunder, wenn man so oft vorgebetet bekommt, dass man ein dummes Balg ist und eh nichts zu sagen hat. Sollte ich selbst irgendwann einmal Mutter werden und Kinder bekommen, werde ich sie nicht so behandeln, wie ich behandelt wurde. Das habe ich mir geschworen. Ich will meine Kinder anders erziehen. Emma ist für mich kein Vorbild. Nur, welche selbst erlebten und verdrängten Traumata wird von den Müttern und Vätern unbewusst auf ihre Kinder übertragen? Das wird sich erst herausstellen, wenn es später Schwierigkeiten und Probleme und / oder psychische Erkrankungen gibt. Dabei geht es nicht um Schuldfragen. Werden die Ursachen der Probleme herausgefunden und bewusst gemacht, können diese mit Hilfe und Unterstützung von Fachleuten positiv verändert werden. Dies kann ein anderes, erfreulicheres Leben nach sich ziehen, in dem Depressionen, sonstige psychische oder auch körperliche Manifestationen zwar akzeptiert und integriert werden, aber vielleicht nicht mehr oder zumindest weniger stark auftreten.

15.   Heinrich´s Tod 1980

Emma wird immer wieder von ihren Erinnerungen eingeholt und leidet: Ach, es gab doch auch schöne Zeiten zusammen.

Als ich Teenager war, hat unsere Familie in den Schulferien Heinrichs Bruder mit dem Zug besucht. Dort waren noch andere Jugendliche in meinem Alter, mit denen ich etwas unternehmen konnte. Sonst wäre es mir schnell langweilig geworden bei so vielen Erwachsenen. Heinrich freute sich immer auf diese Zusammenkünfte. Wenn er auch sonst sehr schweigsam war, dort blühte er auf. Emma kam gut mit den Frauen zurecht, sie half beim Kochen, damit die anderen nicht so viel Arbeit mit uns hatten. Eigentlich tat sie es Heinrich zuliebe, denn kochen, waschen und putzen musste sie auch zu Hause. In dieser Hinsicht war es für sie kein Urlaub. Entspannen war für sie ein Fremdwort. Immer ackern und arbeiten, fleißig sein. Das wurde von ihr erwartet und so kannte sie es.

Alle Fünfe mal gerade sein lassen, war bei ihr nicht drin. Als mein Vater schwer krank war und nur noch im Bett liegen konnte, waren seine Geschwister abwechselnd an den Wochenenden bei ihm. Sie wollten helfen. Emma war völlig überfordert und schimpfte, dass seine Verwandten ihr nicht halfen, sondern sich im Gegenteil von ihr bedienen lassen würden. Dies hat sie ihnen aber nicht klar und deutlich mitgeteilt, so kamen sie weiterhin. Ich fand es schön, dass zu Hause immer etwas los war. Der Anlass war zwar traurig, aber Heinrich bekam jedes Mal leuchtende Augen, wenn sich seine Geschwister an sein Bett setzten und ihm etwas erzählten. Vielleicht hat das sein Schicksal ein wenig leichter ertragen lassen.

Eines Mittags kommt Emma von der Arbeit nach Hause, geht ins Schlafzimmer, um nach ihrem Mann zu sehen, ihn zu wickeln und ihm Neuigkeiten mitzuteilen. Nachdem er sauber ist, kocht sie in der Küche das Mittagessen. Ich komme gerade von der Schule nach Hause und setze mich erstmal auf einen Stuhl in der Küche.

»Was gibt es denn heute zu essen?«, frage ich.

»Ich habe noch so viele Nudeln übrig. Wie wäre es mit Bolognesesoße dazu?«

»Au ja, hört sich gut an.«

»Was war das?«, fragt Emma.

»Was? Ich habe nichts gehört«, antworte ich.

Emma geht aus der Küche ins Schlafzimmer, um nachzuschauen, ob irgendetwas mit Heinrich passiert ist.

»Karla, Karla, komm ganz schnell«, ruft sie. Ich laufe ins Schlafzimmer.

»Schau mal, jetzt ist er tot«, sagt Emma und streichelt seine Wange. Ich sehe ihn an und beginne zu schluchzen. Emma weint auch. Sie steht auf und sagt zu mir:

»Ich rufe jetzt den Doktor an, damit der den Tod feststellt. Jetzt ist es soweit. Bleib du hier und setz dich auf den Stuhl.«

Ich schluchze immer noch und sehe meinen Vater an. Ein merkwürdiges Gefühl, mit einem Toten im selben Raum zu sein. Irgendwie gruselig. Ob er jetzt auf uns herabschauen kann? Wie es ihm dort wohl geht? Hoffentlich verzeiht er mir meine Bosheiten, mit denen ich ihn provozieren wollte, als ich jünger und kleiner war, denke ich.

Ich sitze immer noch im Schlafzimmer, als es an der Haustür klingelt. Es ist der Doktor, der Heinrich untersucht und den Tod feststellt. Er schließt seine Augen, die noch geöffnet waren und bittet um einen dünnen Schal oder Tuch, das er um den Kopf und den Kiefer binden möchte, damit dieser zugeklappt bleibt. Das sieht schon etwas ungewöhnlich aus. Während ich aus dem Zimmer gehe, höre ich dabei zu, was der Doktor zu Emma sagt.

Emma möchte ein Beerdigungsinstitut beauftragen, das ihren Mann abholt und dem sie alles Weitere überlassen kann. Ich soll zu meiner Oma Wilma gehen und für den Rest des Tages dortbleiben. Ich bin einverstanden.

Ein paar Tage später, nachdem alle Verwandten benachrichtigt wurden, findet die Beerdigung statt. Die Kapelle des Friedhofes ist voll von Menschen, die Heinrich kannten. Er hätte sich gefreut, dass so viele an ihn dachten. Ich bin todtraurig und fange nach der Predigt an zu schluchzen und dann lauthals an zu weinen. Ich kann gar nicht mehr aufhören.

Nach der Trauerfeier gibt es noch eine Einladung zum Beerdigungskuchen und viele nehmen sie wahr. Heinrichs Geschwister reisen bald wieder ab und dann hat Emma endlich Zeit für ihre Trauer.

Seit einiger Zeit beschäftigt sie sich in Gedanken mit einem Umzug aus dem Haus. Die Arbeit in dem großen Garten zusätzlich zu ihrer eigenen Arbeit ist ihr mittlerweile zuviel geworden. Nach ein paar Monaten hat sie eine Zwei-Zimmer-Wohnung mit Balkon in der Nachbarschaft in Aussicht. Diese besichtigen wir und sie unterschreibt den Mietvertrag. Der Umzug ist anstrengend. Sie entsorgt viele Gegenstände, an denen

Erinnerungen hängen, für die in ihrem neuen Domizil aber kein Platz ist. Dabei fällt sie immer wieder in ihre Trauer.

Wilma wohnt für einige Zeit bei ihr in der neuen Wohnung. Sie hat sich entschlossen, im Altersheim zu leben, muss aber noch einige Zeit warten, bis ein Zimmer frei wird. Hoffentlich bereut sie es nicht. Emmas Schwester Agatha lebt schon lange versorgt in einer Behinderteneinrichtung, worüber Wilma sehr glücklich ist. Ich möchte mit meinem Freund Henri die Wohnung meiner Oma übernehmen und dort einen Hausstand gründen. Wir beide sind sehr aufgeregt und haben bereits angefangen, die Wohnung zu renovieren, das heißt, neu zu streichen, Möbel auszusuchen usw.

Eines Nachmittags besuche ich nach dem Renovieren Emma und Wilma. Die Stimmung ist angespannt. Das merke ich sofort.

»Was ist denn hier los? Mama? Oma? Habt ihr euch gestritten?«

»Aber natürlich nicht«, entgegnet Wilma. »Ich glaube, deiner Mutter geht es nicht so gut.«

»Was heißt hier, mir geht es nicht so gut? Ich würde mich am liebsten umbringen, jetzt, wo dein Vater nicht mehr bei mir ist.«

Ach du meine Güte, denke ich, ob sie das wohl ernst meint? Ich bin betroffen, weiß aber nicht, was ich tun kann. Meine Oma macht ebenfalls einen hilflosen, ohnmächtigen Eindruck.

»Augen zu und durch«, sagt sie. »So habe ich es mit dem Tod meines Mannes gehalten. Versuch du es ebenso. Nicht drüber nachdenken, nicht mehr weinen. Schluss, aus! Damit musst du dich abfinden. Er ist nicht mehr! Begreif es doch endlich!«

»Ich habe wieder diese schrecklichen Träume, in denen die Sirenen laut schreien und Bomben abgeworfen werden. Ich weiß nicht mehr, was ich tun kann«, erwidert Emma.

»Nichts, da kann man nichts tun. Leider ist das so und ich weiß nicht, ob das jemals wieder aufhört«, sagt Wilma.

In den 1980er Jahren gab es noch kein Netz von Psychologen, die jemandem, der Traumata erlebt hatte, helfen konnten, um diese angemessen zu verarbeiten. Die Überlebenden des Zweiten Weltkrieges hatten mit sich selbst und ihrem Inneren zu kämpfen, um dessen Schrecknisse irgendwie zu verdrängen.

Sowohl Wilma als auch Emma waren psychisch labil, nur eingestehen konnten und durften sie sich dies nicht. Was würden die Leute denken und sagen? Immer wieder »die Leute«, als wäre diese Phrase das Wichtigste auf der Welt. Es wurde alles nach Meinung der Gesellschaft ausgerichtet. Selbstbestimmung gleich null. Vielleicht ist die Demenz vieler alter Menschen ein Wegschauen vor der ehemals gelebten Wirklichkeit.

16. Ein neues Zuhause

Endlich ist es soweit. Henri und ich sind sehr aufgeregt, da wir endlich in Wilmas Wohnung ziehen dürfen. Sie ist 45 qm groß, eine winzige Küche, ein kleines Bad, Schlafzimmer, Wohnzimmer und einen kleinen Flur sowie Balkon nennen wir unser eigen. Ich freue mich sehr, dass ich endlich von Emma fortkomme und meinen eigenen Hausstand gründen kann. Unterdessen lebt Wilma noch ein paar Wochen zusammen mit Emma in ihrer neuen Wohnung. Nach außen hin scheint ihr Zusammenleben erstaunlich gut zu gelingen, seit Emma sich nach ihrem Ausbruch wieder beruhigt hat. Wilma ist die meiste Zeit alleine, da Emma arbeiten geht. Sonntags wird sie oft von ihrem Sohn Egon, seiner Frau und seinem Sohn in deren Haus geholt, um ein bisschen Abwechslung zu erleben.

»Ich frage mich immer, warum immer nur du abgeholt wirst und mich keiner fragt, ob ich dabei sein möchte«, klagt Emma gegenüber Wilma. »Aber ist ja klar, Egon lässt sich von seiner Karin natürlich alles gefallen! Der schlägt nicht mit der Faust auf den Tisch und sagt, wo es lang geht, der Waschlappen! Karin hat eindeutig einen Putzfimmel! Das Wohnzimmer darf man nicht betreten, weil es ja schmutzig werden könnte und wie die mit ihrem Sohn umgeht. Einfach nur schrecklich. Wenn der keine eins oder zwei in der Schule hat, wird er bestraft. Ist das nicht fürchterlich?«

»Ja, Emma, du hast Recht. Ich kann dieses Verhalten von den beiden aber nicht ändern. Du weißt doch, dass Karin sich für etwas Besseres hält, weil ihr Mann studiert hat und eine hohe Position bekleidet. Sie als seine Ehefrau maßt es sich an, über andere zu urteilen, obwohl sie sich selbst nur über ihn definiert. Hört sich ein bisschen geschwollen an.«

»Stimmt aber doch.«

Wilma denkt nach und seufzt. So viele eigene unterschiedliche Kinder und zusätzlich deren Anhang zu haben, ist schon sehr anstrengend. Sie ist jetzt über achtzig Jahre alt, hat in letzter Zeit ziemlich viel Gewicht verloren, freut sich aber, wenn sich um sie gekümmert wird. Manchmal ist Emma gestresst von der Wohngemeinschaft mit Wilma. Das Ende ist jedoch abzusehen. Dabei ist Wilma pflegeleicht, zumindest dem Anschein nach.

Ein paar Wochen später ist es soweit. Das Altersheim teilt Wilma mit, dass ein Zimmer frei geworden ist und sie dort einziehen kann, wenn sie möchte. Das Heim befindet sich zehn Minuten zu Fuß von Emmas Wohnung entfernt. Nachdem Wilma dort eingezogen ist, besuche ich sie sehr oft. Ich denke daran, wie schön es war, wenn ich meine Oma in ihrer alten Wohnung besuchen und ihr alles erzählen konnte, was mir auf dem Herzen lag. Sie hat immer einen frischen Kaffee aufgebrüht, sich selbst auch, und dann konnten wir beide uns unterhalten. Ich habe Wilma ganz oft danach gefragt, wie sie und Franziskus sich kennengelernt haben.

133

Davon konnte ich nicht genug bekommen, es war eine so schöne Liebesgeschichte.

Das Leben im Heim scheint für Wilma nicht so schön zu sein, vielleicht kommen auch die ganzen Erinnerungen an den Krieg, die Flucht und das harte Leben danach in ihr hoch. Meistens liegt sie jetzt im Bett, wenn ich sie besuche. Ich spreche sie an, aber sie antwortet nicht, starrt die Wand an oder hat ihre Augen geschlossen. Dabei ist sie körperlich und geistig noch sehr fit für ihr Alter. Wilma hat ihren Lebensmut und wohl auch ihren Lebenswillen verloren. Sie hat keinen Antrieb mehr zum Weiterleben. Nach jedem Besuch bei ihr bin ich traurig und niedergeschlagen. Ich bin es nicht gewohnt, sie so teilnahmslos zu erleben. Ich kenne sie als lustigen, humorvollen und eigentlich lebensfrohen Menschen, der oft über sich selbst lachen konnte. Und jetzt scheint sie in einer Depression gefangen zu sein. Meine arme, liebe Oma. Du hast mich immer so gut verstanden, viel besser als meine Mutter, denke ich bedrückt. Eines Morgens wird Wilma tot im Bett gefunden.

Ein Lebenskreis hat sich geschlossen.

17.   Heirat

1985 heiraten Henri und ich. Ich freue mich. Eines möchte ich nicht, so wie meine Eltern werden. Das haben wir jetzt ein paar Jahre geprobt und bisher sind keine Anzeichen in dieser Richtung zu sehen. An der Hochzeit nimmt die gesamte Verwandtschaft, Freunde und Kollegen teil. Es gibt keinen Polterabend, aber eine Polterhochzeit.

Als wir vorm Standesamt stehen, bin ich sehr aufgeregt. Die Trauung soll um elf Uhr morgens stattfinden. Freunde sind unsere Trauzeugen. Als Henris Trauzeuge um elf Uhr sieben immer noch nicht aufgetaucht ist, werden alle nervös.

»Die wissen doch hoffentlich, wo sich das Standesamt befindet?«, frage ich Henri.

»Tja, das kann ich dir nicht sagen.«

Henri schaut auf seine Uhr. Die ganze Traugemeinde wird nervös.

»Schau mal, da kommen sie.«

Völlig außer Atem kommen Ulrich und Elisabeth angerannt.

»Wir dachten, die Trauung würde im Rathaus stattfinden. Als dort keiner war, haben wir einen Mitarbeiter gefragt, wo denn die Trauungen durchgeführt werden. Dann sind wir so schnell es geht, hier hingerannt!«

»Na, dann mal los!«, ruft Henri und alle begeben sich in das Trauzimmer zum Standesbeamten. Henri und ich nehmen auf den Stühlen vor dem Tisch Platz, unsere Trauzeugen jeweils daneben. Ich trage einen hübschen, kleinen Blumenstrauß in der Hand. Die Familien setzen sich weiter nach hinten, um zuzuschauen. Der Standesbeamte beginnt mit seiner Rede. Irgendwie habe ich einen kleinen, frechen Schalk im Nacken und finde die Rede schrecklich langweilig. Ich schaue Henri von der Seite aus an, der scheint aber sehr ernsthaft zuzuhören.

Mann, der leiert ja sowas von furchtbar, denke ich mir und würde am liebsten lauthals loslachen. Krampfhaft schaue ich auf meinen

Blumenstrauß. Ich habe das Gefühl, dass meine Trauzeugin auch kurz vor einem Lachanfall steht. Bloß nicht hinsehen. Über dem Kopf des Beamten summt eine Fliege. Interessant. Sie setzt sich auf seine Nasenspitze. Mein Gott, wenn der jetzt noch anfängt zu schielen, ist es um mich geschehen. Ich versuche, ganz ruhig zu atmen. Ein bisschen gähnen vielleicht, aber das ist unhöflich. Jetzt nicht lachen, nicht lachen vor der gesamten Familie! Ist das anstrengend, ernsthaft zu bleiben! Wenn ich jetzt loslache, werden alle über mich herfallen und sagen, wie ungezogen und unreif mein Verhalten ist. Dann endlich, endlich sagt der Beamte, dass wir unterschreiben können und erklärt uns zu Mann und Frau. Ich bin erleichtert. Als wir zusammen vor dem Standesamt stehen, kann ich mich nicht mehr halten und fange zu lachen an. Meine Trauzeugin ebenso.

»Ich konnte dich nicht anschauen, sonst hätte ich losgebrüllt! Ich musste mich dermaßen zusammenreißen, meine Güte!«

»Ging mir auch so. Ich dachte nur, wenn du sie jetzt anschaust, ist es geschehen. Darum habe ich auch die ganze Zeit weggeguckt.«

»Der Kerl war ja schrecklich. So ein langweiliges Geleier. Gut, dass wir das hinter uns haben. Jetzt gehen wir erstmal futtern.«

Die gesamte Traugesellschaft besucht ein beliebtes Restaurant, um lecker zu essen, zu trinken und sich bedienen zu lassen. Henri und ich sind der Meinung, dass diese standesamtliche Trauung überhaupt nicht feierlich war. Wir werden nie das Geleier des Standesbeamten vergessen, den Inhalt der Rede schon. Nach dem Essen überlegen wir beide, was wir tun möchten. Ich habe Lust zu schwimmen. Henri auch. Da es ein warmer, sonniger Tag im Sommer ist, gehen wir ins Freibad. Ich gehe oft hierher. Es ist das größte Freibad von Waltfeld mit vielen alten Bäumen und dementsprechend Schatten, wenn große Hitze herrscht. Wir legen uns auf unsere Decke und schauen den anderen Besuchern zu.

»Sag mal, Henri, ich fand das überhaupt nicht feierlich. Ich bin froh, dass wir noch unsere kirchliche Trauung vor uns haben. Irgendwie war das so gewöhnlich und überhaupt nichts Besonderes. Ich hoffe, in der Kirche wird es schöner. Dann sind auch noch viel mehr Leute dabei. Irgendwie bin ich aufgeregt. Gut, dass wir morgen noch einen Tag dazwischen haben. Wie fandest du es heute?«

»Auch so wie du. Irgendwie nichtssagend. Eigentlich sollte das doch der schönste Tag im Leben sein. So ein Gefühl habe ich überhaupt nicht. Ich bin aber froh, dass wir jetzt alleine sind und deine Mutter und meine Eltern wieder zu Hause. Irgendwie sind die alle etwas anstrengend! Wenn ich daran denke, dass übermorgen unsere ganze Verwandtschaft bei uns aufläuft, werde ich ein bisschen nervös.«

»Hoffentlich streiten sie sich nicht wieder. Einer brüllt lauter als der andere und schon ist die Stimmung im Eimer. Na ja, aber bei einer Hochzeit könnten sie sich alle zusammenreißen. Schreihälse und Rechthaber, einer ist schlimmer als der andere. Wieso ist das in eurer Familie so extrem? Solche Brüllaffen gibt es bei uns nicht. Andererseits, die Geschwister meiner Mutter sind auch irgendwie merkwürdig, ich kann das gar nicht erklären. Kommt vielleicht durch den Krieg und die Flucht und den ganzen Mist, den alle erlebt haben. Die gehen auf Distanz, dafür fehlen mir die Worte. Die Geschwister meines Vaters sind richtig herzlich, mit denen fühle ich mich wohl, obwohl die auch geflüchtet sind und im Krieg schreckliche Dinge erlebt haben. Du kennst doch meinen Onkel Leopold, den Bruder von meinem Vater. Der wollte ursprünglich Lehrer werden und nach dem Krieg hat er Anstreicher gelernt. Irgendwas war, woraufhin er den Lehrerberuf nicht ausüben konnte, aber darüber schweigen sich mal wieder alle aus. Jetzt ist er so ein Pedant, der die Zinken einer Gabel einzeln abtrocknet, jedes Fußballspiel im Fernsehen aufschreibt, wer spielt mit, wer gewinnt. Ich glaube, der leidet unter irgendwelchen Zwängen. Ich würde verrückt werden, mit so jemandem zusammen zu leben. Zum Glück bist du nicht so.«

»Danke. Wer weiß, vielleicht werde ich auch mal so und du findest dich in der Irrenanstalt wieder, weil du mich nicht mehr ertragen kannst.«

»Jetzt mal den Teufel bloß nicht noch an die Wand, also ehrlich. Was ist eigentlich mit deiner Oma? Ist ihr Mann auch gestorben?«

»Nein, sie ist geschieden. Das darf aber keiner erwähnen, die Schande schlechthin!«

»Die hatten früher schreckliche Moralvorstellungen, findest du nicht? Wenn ich immer diesen Scheiß höre: Sie mussten heiraten! Nur, weil ein Baby unterwegs war.«

Ich schüttele den Kopf.

»Ich bin froh, dass wir nicht mehr in solchen Zeiten leben. Der Sechziger Jahre Mief ist vorbei. Eine Frau hat das Heimchen am Herd zu sein und ihrem Ehemann zu dienen und zu gehorchen. Furchtbar! Nur, weil diese Kerle Jahrtausende lang die Unterdrücker der Frauen waren. Wenn du dich als solcher entpuppst, ziehe ich aus! Kommst du mit ins Wasser?«

»Ja. Ich werde mich bemühen, nicht so zu werden wie die damaligen Sanktionierer. Okay?«

»Okay.«

Dann ist es endlich soweit. Henri, ich und unsere Hochzeitsgäste sind in der Kirche, um feierlich die kirchliche Hochzeit zu begehen. Der Pastor hält eine schöne Predigt, die allen gefällt. Ich trage ein weißes Hochzeitskleid ohne Schleier und Henri einen schwarzen Anzug. Im Anschluss fahren wir mit den Hochzeitsgästen zu dem Saal, in dem gefeiert wird. Vor dem Haus steht eine Müllmulde, dort können die Gäste das Porzellan, mit dem sie poltern wollen, entsorgen. Es wird eine schöne Feier mit viel Tanz, leckerem Essen und Spielen. Henri und ich sind glücklich. In den Morgenstunden des nächsten Tages fahren wir mit dem Taxi zu unserer Wohnung, die bei unserer Ankunft völlig dunkel ist, da alle Glühbirnen aus den Lampen gedreht wurden. Auch das noch, denken wir beide. Mit Müh und Not finden wir eine Birne, die wir in eine Lampe schrauben können, damit wir wieder ein bisschen Licht haben. In der Badewanne befindet sich Pudding, die Matratzen stehen irgendwo in den Räumen herum. Zum Glück ist das alles harmlos im Gegensatz zu den Geschichten, die wir schon gehört haben. Schnell die Matratzen auf die Betten, ausziehen und vor lauter Erschöpfung einschlafen.

18. Geburt

»Henri, Henri, komm ganz schnell nach Hause. Ich muss dir was erzählen.«

Vor lauter Aufregung spreche ich ganz laut ins Telefon, als ich Henri bei seiner Arbeit anrufe.

»Kannst du mir das nicht am Telefon sagen?«, fragt Henri etwas distanziert.

»Nein, das geht nur persönlich. Kannst du heute ausnahmsweise mal pünktlich kommen?«

»Ja klar, versprochen.«

»Toll, diese Versprechen kenn ich, daraus wird dann eh wieder nichts.«

»Doch, doch, ich mache jetzt gleich Feierabend.«

»Na gut, dann bis nachher. Tschüssi.«

Ich bin ganz gespannt, wie Henri auf die Nachricht reagiert, dass er Vater wird. Zwei Stunden später ist er zu Hause.

»Setz dich schon mal aufs Sofa. Ich komme gleich«, rufe ich aus dem Badezimmer. Währenddessen macht Henri es sich gemütlich und ist gespannt, was ich ihm zu sagen habe. Ich hole eine Flasche Orangensaft aus dem Kühlschrank und zwei Gläser.

»Gibt es etwas zu feiern?«

»Ja! Wir bekommen ein Baby!«

»Wirklich? Das ist ja toll. Wann denn?«

»Februar, März wahrscheinlich. Ich werde erst noch einen Termin mit meinem Frauenarzt vereinbaren. Jetzt habe ich diesen Schwangerschaftstest aus der Apotheke vorliegen, und der ist positiv. Ich bin so aufgeregt!«

»Wir sagen es aber erst meinen Eltern und deiner Mutter, wenn du beim Arzt gewesen und ganz sicher bist, oder?«

»Klar, wie laden sie alle zum Kaffee trinken ein. Dann hören sie endlich mit diesen blöden Sprüchen auf. Die kann ich nicht mehr ertragen!«

»Lass sie doch labern. Zum einen Ohr hinein, zum anderen wieder hinaus. Du kennst sie doch.«

»Die regen mich damit aber immer auf.«

»Warum? Ist doch bloß dummes Gerede.«

»Das sagst du so einfach.«

»Ja, stimmt doch.«

Ein paar Monate später, es ist Ende Februar 1992, ist es endlich soweit. Ich befinde mich auf der Toilette. Als ich aufstehe, werde ich unten herum ganz nass. Ach du liebe Zeit. Die Fruchtblase ist geplatzt. Jetzt beginnt die Geburt. Als Erstes rufe ich Henri an.

»Henri, meine Fruchtblase ist geplatzt. Kannst du ins Krankenhaus kommen? Ich fahre gleich hin.«

»Äh ja. Ist gut. Bis nachher«, antwortet Henri ein wenig schrill. Er ist gerade etwas kopflos und sehr aufgeregt.

Ich rufe ein Taxi, das mich mitsamt meiner gepackten Reisetasche ins Krankenhaus befördert. Meiner Mutter und meinen Schwiegereltern sage ich noch nichts. Auf der Entbindungsstation erhalte ich erstmal entsprechende Bekleidung und Erklärungen von der

147

Hebamme, die sehr nett und kompetent erscheint. Ich ziehe mich um und gehe wieder ins Entbindungszimmer. Irgendwie ist mir sehr übel. Ganz plötzlich muss ich mich übergeben. Das ist mir äußerst peinlich, aber die Hebamme sagt, dass so etwas ziemlich oft vorkommt, das ist nicht schlimm. Ich bin beruhigt. Jetzt beginnt die Warterei. Die Wehen werden immer heftiger. Nach einiger Zeit ist Henri endlich angekommen. Sein Gesicht ist wachsweiß und er sieht aus, als ob er gleich in Ohnmacht fallen würde.

»Setzen Sie sich erstmal, Herr Genera. Möchten Sie etwas trinken?«

»Ja danke, ich habe mich so beeilt und glaube, alle Geschwindigkeitsrekorde gebrochen. Puuh!«

»Es wird noch ein paar Stunden dauern, Sie können Ihre Frau unterstützen, indem Sie sie an den Händen halten?«

»Gerne.«

»Oh nein, jetzt kommt schon wieder eine Wehe. Das tut so weh.«

Ich schluchze vor Schmerzen.

»Atmen Sie erstmal ganz ruhig in den Schmerz hinein. Dann wird es nicht so schlimm«, sagt die Hebamme. Ich versuche es und mit der Atemerfahrung vom Yoga gelingt es mir zwischendurch tatsächlich, ruhig zu atmen. Die Geburt zieht sich hin. Es ist sehr quälend. Der Arzt und die Hebamme sind sehr nett und beruhigen mich. Ich hatte noch nie solche furchtbaren Schmerzen. Kurz vor der Geburt glaube ich, es nicht mehr lange ertragen zu können. Die Abstände zwischen den Wehen werden immer kürzer und dann sagt die Hebamme:

»Pressen, pressen, pressen. Gleich ist das Köpfchen draußen....da ist es.«

Ein neuer kleiner Erdenbürger hat das Licht der Welt erblickt und fängt an zu schreien. Das Baby wird auf meinen Bauch gelegt, so dass es meine Wärme spüren kann. Henri ist mit dabei und streichelt es ganz sanft.

»Wissen Sie schon, wie es heißen soll, das kleine Mädchen?«

»Ja, Astrid. Guten Tag, kleine Astrid. Willkommen im Leben.«

Nach ein paar Tagen, in denen alles gut verlaufen ist, werden wir beide zusammen nach Hause entlassen. Ich fühle mich ängstlich und unsicher, weiß nicht, ob ich alles richtig mache und wie wir beide klar kommen werden. Henri ist noch eine Woche zu Hause und kann beim Eingewöhnen helfen. Er trägt und wiegt Astrid, Windeln wechselt er nicht. Das ärgert mich. Ich habe jedoch kaum Energie, um meinen Ärger zu äußern. Später frage ich mich, warum ich das zugelassen habe. Andere Männer wechseln ihren Babys auch die Windeln. Vielleicht habe ich unbewusst das Gefühl, alles alleine machen zu müssen, die perfekte Mutter zu sein.

Fast vier Jahre später wird Luise geboren. Es ist eine leichte Geburt. An einem Samstagmorgen um 6 Uhr platzt die Fruchtblase. Emma, die sich bereit erklärt hat, auf Astrid aufzupassen, sobald die Wehen einsetzen, wird angerufen. Henri holt Emma ab, bringt sie zu uns, und dann fahren Henri und ich zusammen ins Krankenhaus. Ich bin erkältet und muss immer ein bisschen husten, was mir sehr unangenehm ist. Die Hebamme, die dieses Mal Dienst hat, ist nicht begeistert davon.

»Husten Sie mich bloß nicht an, Frau Genera. Ich habe das ganze Wochenende Dienst und kann keine Erkältung gebrauchen.«

Das fängt ja gut an. Ich fühle mich schlecht, wenn ich so angefahren werde. Die Schwangerschaft fördert zusätzlich die Verletzlichkeit. Ich wünsche mir, gesund zu sein. Ich bin froh, dass ich bereits einmal eine Entbindung mitgemacht habe und halbwegs weiß, was zu tun ist. Die damalige Hebamme war wesentlich freundlicher. Nach ein paar Stunden erhalte ich Medikamente, die den Geburtsverlauf schneller werden lassen. Die Wehen werden immer stärker. Henri sitzt neben mir am Bett und gähnt. Ich würde gerne mit ihm tauschen, der ist nicht gezwungen, sich so zu quälen. Ich bin so mit mir selbst und der Geburt beschäftigt, dass ich Berührungen kaum ertragen kann. Ich würde gerne in Ruhe gelassen werden. Und dann ist es soweit. Das Baby kommt. Die Hebamme ist zufrieden, weil alles entsprechend gut verlaufen ist und gratuliert zur Neugeburt. Wir sind erleichtert.

Schon am nächsten Tag besuchen Emma und Astrid zusammen mit Henris Eltern mich und das Baby, das Luise genannt wird. Astrid darf Luise vorsichtig tragen und ist ganz stolz, jetzt die große Schwester zu sein. Ich bin völlig erschöpft. Ich huste immer noch, jedoch schon weniger als bei der Krankenhausaufnahme. Nach ein paar Tagen werden wir entlassen und dann beginnt der eigentliche Stress.

»Ach, ist das schön! Ein Baby! Da sind Sie bestimmt sehr stolz. So ein Kind ist doch das Allerschönste auf der Welt!«

Das sagen alle Menschen, die mir begegnen und sich freuen. Ich selbst bin ziemlich niedergeschlagen. Trotz Hilfe von Emma und meinen Schwiegereltern fühle ich mich wie in einem Hamsterrad ohne Aussicht auf Ruhe und Erholung. Nachts werde ich ein paar Mal vom Baby geweckt, ich versuche, Muttermilch zu geben, die allerdings nicht ausreicht, um Luise satt zu bekommen. Mein Frauenarzt sagt mir immer wieder, wie wichtig Muttermilch gerade in den ersten Monaten ist, aber es will einfach nicht mehr aus mir heraus kommen. Ich fühle mich sehr unter Druck gesetzt, schäme mich und habe Schuldgefühle, weil ich allmählich doch auf künstliche Milch umstelle. Ich möchte meinem Baby nur Gutes tun. Nach Meinung der Gesellschaft in den 90ern des zwanzigsten Jahrhunderts ist das die eigene Muttermilch und wer die nicht geben kann oder will, wird schief angesehen. Die perfekte Mutter macht alles richtig und hält sich an die Regeln. Ich möchte gerne mustergültig sein. Jedoch habe auch ich Grenzen, die mir überhaupt nicht bewusst sind. Ich fühle mich allein gelassen und zu wenig unterstützt von Henri. Ich vermittele den Eindruck, alles im Griff zu haben. Doch in Wirklichkeit bin ich sehr unsicher. Die ganze Zeit denke ich: Ich muss alleine klar kommen.

Aber warum denn? Wer sagt, dass ich keine Hilfe in Anspruch nehmen darf? Wahrscheinlich irgendwelche alten Glaubenssätze, die sich in meinem Unterbewusstsein festgehakt haben. Ich hätte gerne mal ein Wochenende nur für mich alleine. Ich sage zu Henri, dass ich mir so etwas zu meinem Geburtstag wünsche. Aber er scheint es nicht zu verstehen und schenkt lieber etwas Materielles, ein Buch, das zu lesen ich sowieso keine Zeit habe. Der flüchtet sich in seine Arbeit, ist froh, dass er sich nicht um den Kinderkram kümmern muss und ich gehe auf dem Zahnfleisch. Zu allem Überfluss fragt noch mein Chef, ob ich nach den acht Wochen Mutterschutz wieder arbeiten kann und ich sage ja. Eigentlich will ich Erziehungsurlaub beantragen. Okay, denke ich, der Antrag läuft nicht weg. Astrid und Luise dürfen abwechselnd zu Emma und meinen Schwiegereltern, die sich sehr freuen. Warum sage ich ja zur Arbeit? Ich habe doch die Wahl. Ich möchte gar nicht sofort wieder täglich meinen Beruf ausüben. Die Glaubenssätze der Kindheit haben einen sehr langen Atem. Ich muss gehorchen, sonst werde ich bestraft.

In Deutschland ist das Mutterbild mit einem Mythos belegt. Die Mütter sind an allem schuld, wenn etwas mit den Kindern vermeintlich nicht in Ordnung ist. Liebt eine Mutter ihren Beruf und möchte sie diesen nach der Geburt weiter ausüben, wird sie als Rabenmutter angesehen, weil sie ihr Kind in die Obhut anderer Leute gibt. Bleibt sie zu Hause, ist sie ein dummes Hausmütterchen, mit dem man sich nur über Küche, Kinder und Kirche unterhalten kann. Eine Frau kann sich völlig überfordern, aber für die Gesellschaft ist das ganz normal. Anerkennung und Wertschätzung gibt es nicht. Viele Frauen konkurrieren untereinander, welches Kind nach der Geburt gleich durchschläft und was eine Mutter falsch macht, wenn es in den Augen der anderen nicht so ist. Ich finde dieses Getue fürchterlich. Ich traue mich nicht, zu sagen, dass meine Älteste mit vier Jahren immer noch nicht durchschläft und überlege, was ich falsch mache. Das alles nagt gehörig am Selbstbewusstsein. Hinzu kommt, dass Emma ständig ungebetene Ratschläge gibt, wie mit einem Kind umzugehen ist. Wenn das Baby schreit, soll man bloß nicht darauf reagieren, weil es sonst verwöhnt wird und es einem auf der Nase herumtanze, wenn es älter wird. Ich glaube das nicht und kümmere mich um mein Kind, wie ich es für richtig halte, aber diese besserwisserischen Kommentare setzen mir sehr zu. Babys und Kinder haben wie alle anderen Menschen Bedürfnisse. Sie wollen geliebt und beachtet werden, damit sie später selbst Liebe geben können. Was ist die Welt ohne Liebe und Mitgefühl, denke ich.

19. Kinder

Größtenteils bin ich mit meinen Töchtern Astrid und Luise sehr zufrieden, nur nachts nicht. Zeitweise werde ich bis zu siebenmal von ihnen geweckt. Das heißt, ich reagiere auf jedes noch so kleine Geräusch. Ich höre, wenn Luise ihren Schnuller ausspuckt und dann nach ihm sucht, ich höre, wenn eine von beiden »Mama« ruft und jedes einzelne Mal gehe ich in die jeweiligen Kinderzimmer. Sobald ich wieder in meinem Bett liege, kann ich nicht mehr einschlafen. Ich bin hellwach und grübele vor mich hin.

»Was mache ich nur falsch?«, frage ich mich immer wieder.

Ob ich jemals wieder durchschlafen werde? Es ist alles so anstrengend. Ich bin froh, wenn beide mal bei Oma und Opa oder bei Omi übernachten und ich wenigstens ein bisschen Zeit für mich habe. Aber dann soll ich putzen, kochen und sonstigen Kram erledigen. Henri ist nie hier, manchmal lässt er mich zwar Sonntag mittags mal eine Stunde schlafen, aber dann soll ich wieder aufstehen und mich um die Beiden kümmern. Ich bin so erledigt! Am liebsten wäre ich Madonna, die hat genug Geld, um sich Kindermädchen leisten zu können, und ich? Ich habe nicht mal Zeit für mich! Immer nur Beruf, Kinder, Arbeit zu Hause und keine Freude mehr. »Was ist das Leben ohne Freude?«, denke ich und weine ein bisschen vor mich hin. Was auch immer ich tue, kostet mich enorm viel Kraft. Ich fühle mich unter großen Druck gesetzt und erhalte keine Hilfe bzw. fordere keine Unterstützung von anderen ein. Konflikte werden gescheut. Funktionieren ist das Allerwichtigste. Ich weiß nicht einmal, wie ich mich fühle und kann es nicht benennen. Meine Mutter Emma sagt auch ständig:

»Du musst dieses und jenes tun.«

Ich glaube, ich bin keine gute Mutter. Alle anderen Mütter, die ich kenne, vermitteln einen perfekten Anschein. Nach deren Aussage schlafen ihre Kinder durch. Sie werden nicht geweckt, haben gestillt. Bei mir ist es anders gelaufen. Ein bisschen Freiheit hat mir das gebracht, aber auch ganz viel schlechtes Gewissen. Was gäbe ich für mehr Selbstbewusstsein. Ich kann einfach nicht überzeugend zu mir stehen und sagen, dass es mir egal ist, was die Anderen denken. Ich lasse mich ständig unter Druck setzen, von wem auch immer. Hört das irgendwann mal auf? Das ist kein schönes Leben. Dieser Muttermythos existiert immer noch. Die liebende Mutter und ihr Kind. Wer will das denn nachprüfen, dass eine Mutter immer lieben kann? Vor allem, wenn sie mit der Ausübung ihres Berufes, der Kindererziehung und zusätzlich dem Haushalt ununterbrochen überfordert ist und es selbst nicht einmal merkt? Warum ist es so schlimm, Kinder mal abzugeben oder schon in einem sehr jungen Alter in den Kindergarten zu bringen? In anderen Ländern gelingt dies ohne Probleme, aber in Deutschland? Als ob alle Kinder anderer Länder einen Schaden davontragen, weil sie, außer von der Mutter zusätzlich von anderen Personen erzogen werden. Das alles denke ich heimlich, ohne es jemandem mitzuteilen. Ich fühle mich ganz oft schlecht und schuldig. Das Negative hat die Oberhand gewonnen. Wie kann ich mich da wieder herausziehen? Ich bin ständig gereizt und habe deswegen auch noch Gewissensbisse. Zeit und Geld sind knapp. Ab und zu bietet sich Emma an, bei uns zu putzen. Ich lasse sie gewähren und habe deswegen noch mehr Skrupel. Ein bisschen hilft es mir, wenn sie mich dabei unterstützt, ich kann nur ihr Gerede nicht ertragen.

»Hier sieht es ja schon wieder aus wie im Schweinestall! Bah, überall liegt Staub herum. Du musst auch mal wischen!«

Ich schalte einfach ab und tue so, als ob ich nicht zuhöre. Am liebsten würde ich sie aus dem Haus werfen, habe einfach keine Kraft dazu und lasse mir zuviel von ihr gefallen. Dann denke ich, sie ist meine Mutter. Hat sie denn trotzdem das Recht, so mit mir zu reden? Diese Gedanken verdränge ich und bin immer wieder froh, wenn sie in ihre eigene Wohnung zurückkehrt.

Sie tut mir leid, weil sie immer nur jammert und klagt. Auf dieses Jammern folgen jedoch keine klaren Handlungen, die ihr vielleicht ein besseres Leben ermöglichen würden. Sie spielt und ist das arme Opfer, das sich nicht wehren kann! Sie weiß von nichts und stellt sich als dumm dar. Ich bin von ihrem Verhalten so genervt, dass ich froh bin, sie nicht jeden Tag zu sehen. Ich bringe Astrid und Luise zwar oft zu ihr, kann aber Emmas Gezeter nicht ertragen und verabschiede mich schnell. Ich tröste mich damit, dass beide Mädchen ganz gerne zu ihr gehen. Versuche ich, ihr etwas zu erzählen, ist es wie früher, als ich klein war. Alles, was ich tue, wird niedergemacht. Warum sollte ich ihr dann überhaupt etwas erzählen? Anscheinend ist sie nicht daran interessiert. Sie sieht immer nur sich und was alles so schrecklich ist. Manchmal fühle ich regelrecht Hass und Ohnmacht ihr gegenüber. »Warum ist das bloß so?«, denke ich. Es könnte doch auch ganz anders sein. Wenn ich mich mit anderen Frauen in meinem Alter vergleiche, gibt es viele, die eine gute Beziehung zu ihren Eltern haben. Warum ich nicht? Ob das an den Kriegstraumata liegt? So langsam bekomme ich eine Ahnung über die Gründe. Bis diese tatsächlich erforscht sind, vergehen jedoch noch lange Jahre.

20. Emmas Gutmütigkeit wird ausgenutzt

»Komisch, ich verstehe das nicht. Henri, schau mal die Kontoauszüge meiner Mutter an. Die scheint ständig Geld abzuheben. Das kann sie zwar tun, ist ja ihres, ich möchte nur mal wissen, was sie damit macht«, sage ich zu Henri, der auch einen Blick auf Emmas Kontoauszüge wirft.

»Frag sie doch einfach mal.«

»Meinst du? Hinterher sagt sie wieder: Ich? Ich hebe doch kein Geld ab! Die kostet mich so viele Nerven, das glaubt keiner. Wenn ich zu ihr hinfahre, bekomme ich vorher schon Aggressionen! Das ist nicht schön!«

»Dann versuch doch mal, dich zusammen zu reißen.«

»Was hast du gesagt? Ich soll mich zusammenreißen? Ich? Wenn die mit ihren blöden Sprüchen ankommt, könnte ich sie kreuzweise! Die hat mich lange genug geärgert. Früher hat sie mir immer ihren Willen aufgezwungen und ich konnte mich nicht mal wehren. Das verzeihe ich der nie!«

»Fahr doch gleich mal hin und schau nach, ob sie noch etwas von dem abgehobenen Geld übrig hat und frag sie, was sie damit gemacht hat.«

»Na gut. Die regt mich jetzt schon wieder auf, aber ich fahre hin.«

Das Telefon klingelt. Martha, Emmas ältere Schwester, ruft an: »Karla, schau doch mal bei deiner Mutter nach, ob alles in Ordnung ist. Ich habe sie heute zusammen mit meiner Tochter Helene bei der Sparkasse gesehen und befürchte, dass Emma ihr Geld gegeben hat. Es fällt mir sehr schwer, dies zu sagen, aber Helene ist kriminell und versucht, alten Leuten Geld aus der Tasche zu ziehen. Ich wollte nur, dass du das weißt, damit du dich vielleicht darum kümmern kannst.«

Ein paar Minuten später setze ich mich in mein Auto und fahre zu Emmas Wohnung. Meine Tante Martha ruft sehr selten an und zu meiner Cousine habe ich schon seit langen Jahren keinen Kontakt mehr. Ich bin beunruhigt. Emma wohnt im dritten Stock, hat viele Treppen zu steigen, was bisher kein Problem für sie ist, da sie sich immer viel bewegt hat. Wer weiß, wie lange das mit ihr und der Wohnung noch gut geht und sie alleine dort leben kann, denke ich und steige aus dem Auto. Ich schließe ab und gehe zur Haustür. Ich drücke die Klingel. Wenige Sekunden später wird schon geöffnet.

Wenigstens könnte sie mal fragen, wer hier ist. Sie hat doch dieses Türtelefon. Ich bin schon wieder genervt, gehe die Treppen hoch und begrüße meine Mutter, die in der geöffneten Tür steht.

»Ach, du bist es. Komm rein«, sagt Emma nicht gerade erfreut. Ich betrete die Wohnung und schaue mich um. Emma ist auf dem Weg in ihr Wohnzimmer. Ich öffne die Schlafzimmertür, dort ist alles wie sonst auch. Badezimmer, wie gewohnt. Kleines Zimmer, da steht ein Rucksack und eine Reisetasche.

»Wem gehört denn dieser Rucksack?«

165

»Ach der, das ist Helenes Rucksack. Die hat bei mir geschlafen. Jetzt ist sie mit dem Fahrrad unterwegs.«

»Was will die denn bei dir?«

»Das arme Mädel wollte mich besuchen. Ich freue mich darüber.«

»Aha, seit wann läuft das denn so?«

»Ach, schon ein paar Wochen.«

»Kann es sein, dass die dich anbettelt und du ihr Geld gibst?«

»Nein, ich doch nicht.«

»Wirklich nicht?«

»Nein.«

»Komisch, was machst du denn mit dem ganzen Geld, das du von deinem Konto abhebst?«

»Ausgeben.«

»Und wofür?«

»Ich kaufe Astrid und Luise doch schöne Anziehsachen, wenn ich welche sehe.«

»Aha, das ist ja auch nett von dir.«

Irgendetwas stimmt hier nicht, denke ich und bin ganz angespannt.

»Wo hast du denn die Sparbücher von Astrid und Luise hingetan?«

»Die liegen doch in meinem Schlafzimmerschrank.«

»An den jeder hingelangt und sie nehmen kann«, sage ich ziemlich verärgert über solch eine Naivität.

»Ach was, hier kommt doch keiner, der sie wegnimmt.«

»Lass uns mal vorsichtshalber nachschauen, ob sie noch hier sind.«

»Wer soll die denn wegnehmen?«

Ich seufze verzweifelt.

»Ich gucke ja schon.«

Emma öffnet den Schlafzimmerschrank und ist auf einmal sehr aufgeregt. Sie hat unter ihren Handtüchern ein paar Unterlagen versteckt und normalerweise liegen dort auch die Sparbücher von ihren Enkeltöchtern.

»Komisch, hier ist nichts. Mein Gott, sie sind weg! Wer kann das denn getan haben?«

»Na, überleg mal. Wer hat den Rucksack mit einem Vorhängeschloss hier stehen lassen? Deine »saubere« Nichte Helene. Die kann sich in deiner ganzen Wohnung herumtreiben, ohne dass du es merkst. Pass mal auf! Ich fahre jetzt nach Hause und du stellst Helenes Rucksack und die Reisetasche vor die Eingangstür und lässt sie nicht mehr herein. Ist das klar? Die kann ja wer weiß was mit dir anstellen und dich weiter beklauen! Ich komme dann nachher mit Henri und wir überlegen, was wir tun können. Wenn sie hier hereinwill, wirf sie aus der Wohnung! Falls du Hilfe brauchst, ruf uns sofort an und klingele bei deinem Nachbarn. Okay?«

»Ja.«

Zusammen stellen wir Helenes Sachen vor die Wohnungstür. Ich verabschiede mich und fahre sehr beunruhigt nach Hause.

»Henri, ich fasse es nicht! Meine Cousine Helene hat sich bei meiner Mutter einquartiert und jetzt ist sie dabei, sie um ihr wohlverdientes Geld zu bringen. Die Sparbücher von Astrid und Luise sind verschwunden. Wer weiß, vielleicht ist die blöde Kuh gerade dabei, das Geld abzuheben. Tante Martha hat doch vorhin angerufen und die beiden vor der Sparkasse gesehen. Meine Mutter hat das Geld bestimmt für die abgehoben. Und die lacht sich ins Fäustchen und denkt, wie blöde und naiv ihre Tante doch ist. Was machen wir jetzt?«

»Bleib mal ganz ruhig und lass uns überlegen. Wie heißt unser Sparkassenberater? Herr Meyer?«

»Ja, ich weiß sogar, wo der wohnt. Fünf Minuten von hier entfernt. Sollen wir zu ihm gehen? Vielleicht kann er uns helfen.«

»Okay, anschließend müssen wir aber zu deiner Mutter, um ihr zu helfen.«

»Gut.«

Henri und ich gehen zu Fuß zu Herrn Meyer und sind froh, dass sich die Tür nach dem Klingeln öffnet. Henri geht die Treppe hinauf, ich warte unten im Treppenhaus.

»Herr Meyer! Entschuldigen Sie die späte Störung heute Abend um acht, aber vielleicht können Sie uns helfen. Meiner Schwiegermutter wurden zwei Sparbücher gestohlen. Meine Frau und ich vermuten, dass es die Nichte meiner Schwiegermutter gewesen ist. Kann man irgendwie feststellen, ob Geld abgehoben wurde und wer das getan hat?«

»Ja, ich könnte gleich morgen früh die Videos anschauen. Das kann man ein paar Tage machen und dann werden sie gelöscht. Ich versuche es.«

»Vielen, vielen Dank. Melden Sie sich morgen bei uns?«

»Aber natürlich.«

Nachdem wir das erledigt haben, fahren Henri und ich zu Emma. Diese öffnet sofort die Haustür. Die Reisetasche und der Rucksack stehen nicht mehr im Treppenhaus.

»Ist sie weg?«

»Ja, die war aber sehr widerlich, als sie ihre Sachen draußen gefunden hat. Ich habe gesagt, sie kommt nicht mehr in meine Wohnung.«

»Wir haben unseren Sparkassenberater beauftragt, sich die Videos von heute anzuschauen. Vielleicht ist sie mit dabei und wir haben sie auf frischer Tat erwischt und stellen Strafanzeige. Einverstanden?«

»Einverstanden.«

Am nächsten Tag meldet sich Herr Meyer und berichtet über die freudige Mitteilung, dass alles gefilmt wurde, Helene Emmas Unterschrift gefälscht und das ganze Geld vom Sparbuch abgehoben hat. Das kann für eine Strafanzeige verwendet werden. Ich fahre zu Emma, um sie mit zur Polizei zu nehmen, damit sie Strafanzeige gegen ihre Nichte stellen kann.

»Gut, dass Tante Martha mich angerufen und ihren Verdacht mitgeteilt hat. Fragt sich nur, ob du das Geld jemals wiedersiehst. In der Zwischenzeit hat sie es bestimmt irgendwo versteckt. Ich hoffe, die wird richtig bestraft! Eine alte Frau bestehlen und dazu noch die eigene Tante. Wahrscheinlich musst du vor Gericht aussagen, aber das ist doch hoffentlich kein Problem?«

»Nein, nein, gar nicht. Das mache ich auf alle Fälle. Gerechtigkeit muss doch siegen«, sagt Emma. Tatsächlich wird sie ein paar Wochen später als Zeugin vor Gericht geladen. Henri, Emma und ich sind sehr aufgeregt. Letztendlich hat Helene die Tat zugegeben und alle sind erleichtert. Ihr Geld jedoch hat Emma nie wiedergesehen.

21.   Tagespflege

Ich bin mit meinen Nerven am Ende, bemerke dies allerdings nicht. Emma vergisst immer mehr. Mittlerweile kommt morgens und abends der Pflegedienst, um ihr Insulinspritzen wegen ihres Diabetes zu verabreichen. Ich gehe arbeiten, kümmere mich um meine Töchter und zusätzlich noch um die Angelegenheiten meiner Mutter. Ich befinde mich im Hamsterrad, Zeit für mich und meine Hobbys habe ich nicht. Ich wünsche mir Ruhe, aber bekomme sie nicht. Mein Leben besteht aus Pflichten und Funktionieren und dabei denke ich noch, dass das normal ist. Meine Mutter und meine Oma funktionierten genauso, es sind die gleichen Muster, die jede von uns verinnerlicht hat.

Ich habe Emma eine Putzfrau engagiert, die einmal die Woche die Wohnung reinigt. Eigentlich verstehen sich die beiden, Emma und Frau Wirbel, sehr gut. Eines Tages ruft Frau Wirbel bei mir an.

»Ihre Mutter hat gesagt, ich brauche nicht mehr zu kommen. Sie putzt alles selber und wenn nicht, würde das ab jetzt Astrid, ihre Enkelin, übernehmen.«

Ich atme tief durch und bin entsetzt, auf was für Ideen meine Mutter kommt.

»Frau Wirbel, das stimmt nicht! Ich weiß nicht, wie sie darauf kommt, aber Astrid macht da gar nichts. Das geht überhaupt nicht. Wären Sie so freundlich und würden weiterhin bei ihr putzen? Wenn irgendetwas ist und sie erzählt Ihnen so etwas: Das stimmt einfach nicht und bitte, besprechen Sie alles nur mit mir. Morgen hat sie das eh wieder vergessen. Ich kann ihr noch ein paar Zettel auf ihren Wohnzimmertisch legen, auf denen ich das aufschreibe, dass Sie bei ihr putzen. Irgendwie scheint das ein Wunschtraum von ihr zu sein, dass sie selber putzt oder einer aus unserer Familie. Vor ihrer Demenzerkrankung war sie eigenständig und wahrscheinlich möchte sie das unbewusst wieder sein, nur es geht einfach nicht. Ihr Gehirn macht nicht mit. Traurig, aber wahr.«

»Natürlich werde ich weiterhin bei ihr putzen. Ich melde mich, wenn sie irgendetwas anderes sagt!«

»Vielen, vielen Dank, Frau Wirbel. Jetzt bin ich sehr erleichtert. Manchmal weiß ich einfach nicht mehr weiter!«

Ich bespreche mit Henri, was ich tun kann.

»So, jetzt putzt Frau Wirbel schon einmal die Woche bei ihr. Dann kommt ab und zu die Fußpflege, was auch organisiert werden muss und ein mobiler Friseur. Ob wir versuchen, sie in die Tagespflege zu geben? Ich glaube, ich spreche mal mit dem Pflegedienst.«

»Ja, versuch es einfach«, sagt Henri.

Ich frage beim Pflegedienst wegen eines Tagespflegeplatzes nach und kann mir die Einrichtung nach einer Terminvereinbarung anschauen. Ich fahre hin und spreche mit der zuständigen Sozialarbeiterin. Es ist alles schön hell und gemütlich. Es wird gesungen, kleine Bewegungsspiele gespielt, Essen vor-

175

bereitet, z. B. Kartoffeln schälen und vieles mehr. Ich habe einen sehr guten Eindruck und möchte, dass Emma zweimal in der Woche dorthin geht. Sie würde abgeholt und wieder nach Hause gebracht. Die Sozialarbeiterin sagt aber auch, dass es umso schwieriger wird, je älter die Leute und je vergesslicher sie sind. Da muss man schon dran bleiben. Ich will versuchen, Emma den Aufenthalt schmackhaft zu machen.

Mittwoch soll es losgehen. Ich schreibe ihr einen Zettel, auf dem steht, dass sie um acht Uhr morgens angezogen sein soll, da sie zur Tagespflege abgeholt wird. Ich will dann um kurz nach acht Uhr bei ihr anrufen, um zu sehen, ob sie noch zu Hause oder mitgefahren ist. Ich bin bei meiner Arbeit, habe wie neuerdings ständig ein starkes Druckgefühl auf meinem Brustkorb und rufe kurz bei Emma an. Sie hebt ab und meldet sich.

»Ich dachte, du bist mit zur Tagespflege gefahren«, sage ich ungeduldig und verärgert.

»Nein, nein, es war niemand hier.«

Ich frage beim Pflegedienst nach und erfahre, dass Emma nicht mit wollte. So geht es ein paar Wochen lang. Ich bin enttäuscht, erschöpft und mit meinen Nerven völlig am Ende. Ich will ihr doch bloß etwas Gutes tun. Sie soll Abwechslung haben und nicht vereinsamen.

Vielleicht schämt sie sich, dass sie so viel vergisst und möchte nicht, dass »die Leute« das merken und sie dann schlecht über sie urteilen. Das alte Muster von früher kommt wieder zum Tragen.

Eines Tages fahre ich wieder morgens bei Emma vorbei. Diese ist ausnahmsweise angezogen und sagt zu mir: » Ich werde jetzt abgeholt.«

Ich denke bei mir, wäre schön, wenn du auch mal mitfährst. Es klingelt an der Haustür. Ein junger Mann kommt die Treppe hochgelaufen, stellt sich vor und begleitet Emma zum Bulli. Widerstandslos fährt sie mit.

Ich bin froh, dass es endlich funktioniert hat und Emma in das Auto gestiegen ist. Vielleicht macht sie das jetzt regelmäßig. Ich schicke ein Stoßgebet gen Himmel. Abends rufe ich bei Emma an und frage nach, wie es denn in der Tagespflege gewesen ist.

»Ach, es war so schön! Wir haben gesungen und uns unterhalten!«

Ich bin froh. Jetzt scheint sich Emma mit ihrem neuen Leben angefreundet zu haben. Ab und zu frage ich bei den Mitarbeiterinnen der Tagespflege nach, die bestätigen, dass Emma sich anscheinend wohl fühlt, alles mitmacht und wirklich begeistert ist. Sie hat sich sogar mit einer anderen alten Dame, die regelmäßig dorthin kommt, angefreundet. Mir fällt ein Stein vom Herzen. Nach monatelangen Schwierigkeiten scheint es endlich besser zu werden mit meiner Mutter. Sie ist versorgt. Trotzdem wird das Organisieren nicht weniger. Am liebsten würde ich ganz alleine irgendwohin fahren, wo ich Ruhe habe und nicht ständig irgendetwas erledigen muss. Es fehlt Positives in meinem Leben. Ich gehe einmal wöchentlich zur Yogagruppe und zur Entspannungsgruppe, die mir zwar helfen, mich ein bisschen zu entspannen, aber immer nur für die kurze Zeit, neunzig Minuten, in denen ich dabei bin. Versuche ich es zu Hause, passiert überhaupt nichts. Ich kann nicht einmal mehr richtig schlafen. Nach drei Stunden werde ich durch negative Gedanken, Albträume, vorausschauende negative Kundengespräche, die Arbeit betreffend, geweckt. Ich beginne zu grübeln und kann einfach nicht aufhören damit. Nachts ist alles schwarz, hoffnungslos. Ich fühle mich der Negativität ausgeliefert, ohnmächtig und völlig kraftlos. Tagsüber fühle ich mich durch meine eigenen Ansprüche und auch die anderer sehr stark unter Druck gesetzt. Ich will meine Arbeit gut machen, eine gute Mutter, Tochter und Ehefrau sein und schaffe es einfach nicht, dem gerecht zu werden.

Wenn ich mit meiner Familie im Urlaub bin, weine ich schon Tage vor der Rückfahrt, wenn ich daran denke, wie es zu Hause, im Alltag und bei der Arbeit wieder zugeht. Keine Zeit für mich, Arbeit ohne Ende, kaum Hilfe und keine Kraft mehr. Im Urlaub habe ich Abstand zu allem und bin von meinen inneren Ansprüchen befreit. Ich werde bedient und bekocht. Trotzdem bin ich nach dieser kurzen Zeitspanne nicht erholt. Zu Hause herrscht in meinem Brustkorb nur noch Druck und Enge. Ich bin wie gelähmt, fühle mich ohnmächtig und habe mich verschlossen. Die Gereiztheit nimmt zu, ich habe kaum noch Geduld! Ich führe Kundengespräche und würde am liebsten laut losschreien vor Ärger. Das ist jedoch unmöglich, meine Ansprüche gegenüber mir selbst und meinem Arbeitgeber beinhalten im Moment einfach nur Pflichten, aus denen ich mich in meinem jetzigen Zustand nicht befreien kann. Ich darf meine Aggressionen zu Hause auch nicht zeigen, dann werde ich mit Schweigen und Kritik bestraft! Was sollen die Leute bzw. die Anderen denken, wenn ich mich so aufführe? Das gleiche Muster wie in meiner Kindheit. Ist mir zu dem Zeitpunkt aber nicht bewusst. Irgendwie schleppe ich mich durch die Tage.

Astrid und Luise wollen Emma nicht mehr besuchen, jedenfalls nicht freiwillig. Sie gehen einfach nicht mehr hin. Darüber bin ich sehr traurig, kann die beiden jedoch nicht zwingen, ihre Oma zu besuchen. Emma scheint es in ihrer Welt nicht zu bemerken. Die Vergangenheit hat sie nicht vergessen, aber die Gegenwart. Ihre Demenz ist kein Alzheimer, jedoch Spätfolgen des Diabetes, der ihr das Kurzzeitgedächtnis ausradiert hat. Emma kann trotz ihrer Demenz manchmal sehr überzeugend sein, sodass ich denke, die anderen halten mich, Karla, für diejenige, die Lügen erzählt. Das macht mich zusätzlich richtig fertig!

Vielleicht bewahrt eine Demenz die Kranken vor dem Eingeständnis ihrer Lebenslügen. Sie leben im hier und jetzt und müssen sich nicht mehr mit sich selbst auseinandersetzen und sich vor sich selber rechtfertigen, was sie falsch gemacht haben.

»Früher war alles viel besser«, hat Emma oft gesagt. Sie lebte nach dem Tod von Heinrich in der Vergangenheit. Die Gegenwart, in der es ihr materiell gut ging, hat sie wohl gar nicht sehr bewusst wahrgenommen. Sie war streng und auch lieb zu Astrid und Luise und hat beide vergöttert. Anscheinend konnten die beiden den geistigen Verfall ihrer Oma nicht ertragen und haben sich deshalb zurückgezogen.

Ich selbst fühle mich wie in einem Gefängnis. Ich kann mich nicht ausdrücken, habe keine Kraft und ständig negative Gedanken. Die psychische Abwärtsspirale dreht sich. Mein geistiger Horizont endet mit dem Tunnelblick. Ich habe keinen Kontakt zu meinen Gefühlen, nehme sie nicht wahr und kann sie deswegen auch nicht benennen.

Bedürfnisse? Was ist das? Wir alle haben sie: Träume, Ziele, Werte, Feiern, Trauern, Integrität, Gemeinschaft, Nähren der physischen Existenz, Freude, Spiritualität und noch viel mehr.

Auch meine Bedürfnisse kann ich nicht spüren. Irgendwie bin ich tot trotz eines lebendigen Körpers, in dem immer noch ein Herz schlägt.

»Karla, Karla, wach auf! Das Krankenhaus ist in der Leitung.«

Ich liege zugedeckt im Bett, fahre verschlafen hoch und nehme den Hörer in die Hand.

»Hallo? Hier spricht Karla Genera.«

Es ist 01.30 Uhr in der Nacht.

»Hier spricht Doktor Stefano vom Waltfelder Krankenhaus. Ich möchte Ihnen mitteilen, dass Ihre Mutter soeben verstorben ist. Möchten Sie sie noch einmal sehen?«

Ich bin sehr gefasst und sage: »Nein, wir waren vorhin noch bei ihr. Da sah sie schon aus wie eine Leiche. Wie läuft das denn jetzt ab?«

»Okay, das Ambiente hier ist nicht besonders hübsch. Am besten beauftragen Sie morgen ein Bestattungsunternehmen, mit dem Sie alles weitere besprechen können. Soll Ihre Mutter verbrannt werden?«

»Ja.«

»Das Bestattungsunternehmen wird sie abholen und zum Krematorium bringen. Die Asche wird in einer Urne gelagert und diese

Urne wird dann bestattet. Gibt es noch Angehörige, die sie eventuell sehen wollen?«

»Es gibt noch Geschwister meiner Mutter und meine Töchter. Ich kann mir allerdings nicht vorstellen, dass die sie noch einmal aufgebahrt sehen möchten. Ich frage trotzdem nach. Das bespreche ich dann mit dem Bestatter?«

»Ja. Ich wünsche Ihnen alles Gute. Auf Wiederhören.«

»Auf Wiederhören.«

Henri ist in der Zwischenzeit aus dem Schlafzimmer in den Keller hinunter gegangen. Er sortiert irgendetwas in seinem Computerzimmer.

»Jetzt ist sie tot! Die Arme! Und sie war ganz alleine und ich bin so schrecklich.«

Ich schluchze und weine und werfe mich Henri an den Hals.

»Du bist gar nicht schrecklich und sie sah doch vorhin schon tot aus. Jetzt haben eben ihre Organe versagt. Ihr geht es bestimmt besser dort, wo sie jetzt ist.«

»Ja, wahrscheinlich. Möglicherweise beobachtet sie uns oder ist mitten unter uns. Als wir vorhin im Krankenhaus waren, habe ich an die Decke geschaut und gedacht, vielleicht schwebt ihre Seele schon dort oben und sie kann sich und uns sehen. Irgendwie war es schrecklich im Krankenhaus. Die Schläuche und ihr weißes Gesicht und dazu das Gepiepe von den Geräten. Die haben doch gesagt, dass sie sie heute Morgen wiederbeleben mussten. Ich bin wirklich froh über ihr Organversagen. Stell dir mal vor, sie hätte weitergelebt. Dann wäre sie bestimmt nur noch ans Bett gefesselt gewesen und hätte nichts mehr von der Außenwelt mitbekommen. Ich glaube, das war jetzt Gnade. Vielleicht hat sie mein Vater dort abgeholt und sie hat sich so darüber gefreut, dass sie nur noch dortbleiben wollte. Was hätte sie hier noch tun können? In letzter Zeit war es nur schwierig mit ihr. Ich weiß gar nicht, was das war. Ich hatte solche Aggressionen ihr gegenüber. Am liebsten hätte ich sie nur noch angeschrien. Mann, das macht mich

185

fertig. Jetzt habe ich ein schlechtes Gewissen!«

»Warum? Du hast das Beste getan, was dir möglich war. Du hast dich um sie gekümmert, zwar leidlich, aber immerhin hast du es getan. Du hast alles für sie organisiert, die Tagespflege, häusliche Krankenpflege, körperliche Pflege, die Putzhilfe und den Friseur. Eingekauft habe ich und sie schien mir zufrieden zu sein in ihrer Wohnung. Im Rückblick wird sie es zu schätzen wissen, da bin ich mir ganz sicher.«

»Na gut, wenn du meinst. Ich versuche, jetzt ein wenig zu schlafen. Kommst du auch ins Bett? Morgen bzw. heute früh haben wir so einiges zu regeln.«

»Ich komme gleich. Geh du schon mal voraus.«

Ich gehe aus dem Computerzimmer hinaus durch den Keller die Treppe in unseren Hausflur hinauf und dann ins Schlafzimmer. Dort lege ich mich völlig erschöpft ins Bett und versuche zu schlafen.

Zwei Wochen später findet die Trauerfeier mit der Urnenbeisetzung statt. Dabei sind Henri und ich, unsere Tochter Astrid, mein Schwiegervater Karl, Agatha und ihre Betreuerin sowie ein paar meiner Freundinnen. Emmas Putzhilfe ist ebenfalls gekommen. Die anderen noch lebenden Geschwister wollten nicht kommen, weil ihnen in ihrem Alter eine Fahrt bis Waltfeld zu mühselig ist. Luise nimmt gerade an einem Schüleraustausch in Amerika teil und weiß noch nicht, dass ihre Omi gestorben ist. Der Pastor berichtet aus Emmas Leben, es werden ein paar Lieder gesungen und dann ist die Trauerfeier beendet. Alle gehen langsam vom Trauerraum über den Friedhof zum Urnengrab, wo ihre Asche in der Urne hinabgelassen wird. Jeder streut etwas Erde und ein paar Rosenblätter in ihr Grab. Anschließend gibt es noch ein kurzes Beerdigungsessen und das war es dann.

Hat sich Emma so ihren Tod vorgestellt? Ich weiß es nicht. Als sie noch lebte und klar im Kopf war, hat sie immer gesagt: »Ich möchte einen Schlag bekommen und dann weg sein, bloß nicht so lange leiden.«

Hat sie denn gelitten? Ihre Demenz wurde immer schlimmer. Früher sagte sie oft zu mir: »Wenn es zu Hause nicht mehr geht mit mir, dann begebe ich mich ins Heim.«

Nur das wollte sie dann nicht mehr. Sie hat sich dagegen gewehrt und gefleht: »Bitte, bitte lasst mich hier in meiner Wohnung! Hier fühle ich mich wohl.«

Henri und ich haben ihren Wunsch respektiert. Doch zu welchem Preis für mich? Immer im Hinterkopf zu haben, dass etwas mit ihr passieren könnte in ihrer Wohnung, in der sie vor sich hinlebte wie ein verletztes Vögelchen, war für mich sehr belastend. Fühle ich mich jetzt erleichtert? Ja, ich bin erleichtert, dass diese Qual ein Ende hat. Aber was ist mit dem moralischen Anspruch? Bin ich deswegen böse?

Irgendwie verurteile ich mich selbst für meine Lieblosigkeit. Mein innerer Kritiker ist gnadenlos. Ich denke, ich habe es verdient, dass es mir schlecht geht. Das ist die Strafe dafür.

Emma lebte mit ihrer Demenz völlig im Hier und Jetzt. Vorher lebte sie in der Vergangenheit, die sie schön färbte. Ich glaube, sie wollte die Wirklichkeit, wie sie tatsächlich war, mit der zunehmenden Einsamkeit, Hilflosigkeit und Stummheit, nicht mehr sehen. Vielleicht hat ihr das geholfen, mit ihren Verlusten klar zu kommen. Ihre Babyschwester, die im Alter von acht Monaten gestorben ist, dann ihr Lieblingsbruder Bernie, der während der Flucht an Diphtherie starb, ihr Vater und dann ihr Mann, den sie nach qualvollen Pflegejahren verlor.

Ich hoffe, dass sie ihre Lebenslektionen gelernt hat.

22. Der Zusammenbruch

Ich kann nicht mehr. Ich bin kraftlos, habe keine Energie. Dieser Druck hört einfach nicht auf. Was soll ich bloß tun? Mehr als alles andere wünsche ich mir Ruhe und Frieden. Nicht einmal drei Pott Kaffee helfen. Ich bin so unruhig. Mein Kopf ist kurz vorm Platzen. Was soll ich tun? Keiner versteht mich. Wozu übe ich autogenes Training, wenn es eh nichts hilft? Ich kann mich nicht konzentrieren. Was hat der gesagt? Mein Kopf, mein Kopf!

»Du, Karin, ich habe so viele Überstunden. Ich möchte gerne nach Hause gehen. Ist das okay?«, frage ich meine Kollegin.

»Klar doch. Felix ist auch noch da, der ist schon wieder fertig mit seiner Arbeit. Möchte mal wissen, wie der das macht.«

»Ich gehe dann jetzt. Bis morgen.«

»Bis morgen. Viel Spaß.«

Wobei? Wann hatte ich das letzte Mal Spaß? Immer nur Pflichten, Pflichten, Pflich-

190

ten. Pflichten über alles. Ich habe die Schnauze voll! Ich will nichts erklären. Ich will nur noch Ruhe und Frieden. Kann mir denn keiner helfen? Ich rufe mal bei meiner Freundin Hannelore an. Die hat immer gute Ideen.

»Hallo Hanni, ich bin`s. Kann ich vorbei kommen? Vielleicht könnten wir eine Klangschalenbehandlung durchführen? Ich bin vollkommen erledigt. Das trifft es noch nicht mal. Ich weiß nicht mehr weiter. Mir ist alles zu viel.«

»Lass mich mal reinfühlen, meine Liebe.... Ja, wenn du magst, komm um 16.30 Uhr und du erlebst den Klang. Damit werden wir deine Schwingung erhöhen.«

»Danke, dass du da bist. Ich freue mich. Bis dahin.«

Manchmal hilft es. Dieses Mal auch? Ich werde es auf alle Fälle versuchen. Innerlich bin ich voller Unruhe. Was kann ich sonst noch tun? Mir fällt nichts ein. Irgendwelche Kartenorakel legen. Bringt mir im Moment auch nichts. Sei immer schön positiv! Ha, ein

Witz! Was macht man denn, wenn man überhaupt nicht mehr positiv sein kann? Alles ist dunkel und schwer. Kein Licht am Horizont. Das ist überhaupt nicht lustig. Ich glaube, ich lege mich noch ein bisschen hin und versuche wenigstens zu schlafen.

Ich entledige mich meiner Jeans und Pullover, ziehe meinen Schlafanzug an, stelle meinen Wecker und decke mich zu. Es ist schön warm und ich seufze, aber es will kein Schlaf kommen. Ich bin wach, wach, wach!

Ihr da oben, jetzt helft mir doch mal. Ich glaube langsam, euch gibt es gar nicht. Ich kann nicht mal etwas fühlen. Ich bin ruhig, ganz ruhig. Es tut sich rein gar nichts. Ich liege immer noch auf meinem Bett und versuche, zu schlafen. Meine Gedanken drehen sich immer wieder um das Gleiche. Ich kann einfach nicht schlafen. Ich gehe nicht wieder zur Arbeit! Ich gehe da nie wieder hin! Ich habe den falschen Beruf ergriffen. Man, das hat jetzt Jahrzehnte gedauert, bis ich zu diesem Schluss gekommen bin. Meine Gedanken wiederholen sich immer und immer wieder: Ich bringe mich jetzt um. Dann habe ich Ruhe und Frieden. Keine will mehr etwas von mir. Ich muss mich um nichts und niemanden mehr kümmern und ich bin frei von jeglichem Ballast. Wie schön. Wie werde ich es tun? Vielleicht sollte ich mal im Internet recherchieren. Ach was, das dauert zu lange. Mit dem Auto irgendwo vorfahren bei hoher Geschwindigkeit? Dabei habe ich keine Sicherheit, dass es wirklich vorbei ist. Ich will nicht als vollständig Gelähmte weiterleben.

Meine gesamte homöopathische Hausapotheke mitnehmen, damit in den Wald gehen und alles auf einmal in mich hineinschütten?

Irgendjemand hat mir mal gesagt, damit kann man sich nicht umbringen.

Ich brauche Gewissheit!

Meine letzte Idee ist die, dass ich den Auspuff meines Autos mit einem Tuch verstopfe, alles verschließe und dann den Motor anlasse. Wird schon keiner von unseren Nachbarn hören in dieser hinteren Ecke am Ende des Grundstücks und nach einer gewissen Zeitspanne wäre es geschafft! Ruhe und Frieden! Ich kann mit niemandem darüber sprechen. Das geht einfach nicht, als wäre mein Mund versiegelt und klar denken kann ich auch nicht. In meinem Kopf herrscht ein solches Chaos, dass ich nicht mehr ein noch aus weiß. Gleich gehe ich zu Hannelore.

Der Wecker klingelt. Ich bin immer noch wach. Stelle ihn aus und steige mühevoll und langsam aus meinem Bett. Ziehe mich an, packe mein Portemonnaie, in dem sich mein Ausweis und Führerschein befinden, in meine Handtasche, öffne die Haustür, schließe sie mit dem Schlüssel zweimal zu und öffne die Garage, in der mein Auto steht. Irgendwie bin ich völlig benommen. Nur ärgerlich, dass ich nicht schlafen kann. Ich steige in mein Auto, starte den Anlasser und rolle rückwärts aus der Garage. Jetzt muss ich noch einmal aussteigen, um die Garage zu schließen, damit keine Einbrecher unsere »wertvollen« Gegenstände wie zwei alte Schränke, in denen Blumentöpfe vor sich hingammeln, stehlen können. So, was ist los? Ach ja, ich wollte zu Hannelore. Sie ist eine psychologische Lebensberaterin, die intuitiv arbeitet. Ich fahre los und bin in zehn Minuten bei ihr. Wir begrüßen uns mit einer Umarmung. Ich bin innerlich immer noch sehr unruhig.

»Komm herein, meine Liebe.«

»Ja, ich bin froh, dass du Zeit hast. Danke.«

»Aber natürlich. Geh schon mal nach oben. Ich komme sofort.«

Ich steige die Treppen hinauf und bin in Hannelores gemütlichem Zimmer, in dem sie ihre Klienten empfängt und Seminare abhält. Zwei Stühle und ein kleines Tischchen, auf dem eine Karaffe mit Wasser steht, hat sie vor die Heizung gestellt. Über der Heizung ist das Fenster, vor dem ein Bergkristall hängt, dort brechen sich die Sonnenstrahlen und ein Funkeln dreht sich durch das gesamte Zimmer. Mein Blick wandert unruhig hin und her und irgendwie fühle ich mich immer noch schlecht, obwohl das Zimmer normalerweise einen beruhigenden Einfluss auf mich hat. Heute nicht. Ich setze mich auf einen der Stühle, warte und starre aus dem Fenster.

»Schau mal, ich habe das Massagebett aufgestellt und wir werden dich erstmal mit Klang in die richtige Schwingung versetzen. Was ist denn los?«

»Ich bin so erschöpft. Ich kann nicht mehr. Ich will nur noch Ruhe und Frieden. Die Arbeit kotzt mich so an, ich schaffe überhaupt nichts mehr und kann einfach nicht schlafen. Nach drei Stunden nachts werde ich wach und wünsche mir nichts sehnlicher als Schlaf. Ich grüble und grüble. Wenn der Wecker klingelt, bin ich total gerädert und ich möchte einfach liegen bleiben. Aber das geht nicht. Ich muss arbeiten. Die Pflicht ruft. Was sollen denn meine Kollegen denken? Die verlassen sich doch auf mich.«

»Das klingt nicht gut. Vielleicht wäre es ratsam, wenn du zu Frau Heinzelmann gehen würdest und sie dir erstmal Globuli verordnet.«

»Ja. Mir ist alles egal.«

»Ich gebe dir jetzt eine Klangmassage, dann überprüfen wir, ob sich danach deine Schwingung erhöht hat und dann ruhst du dich zu Hause aus und versuchst zu schlafen.«

Toller Ratschlag, denke ich bei mir. Was, glaubt die denn, was ich die ganze Zeit versuche? Ich kann mir nun mal nicht ständig einreden, alles ist gut. Nichts ist gut. Mir fehlt das rosarote Brillegen. Ich lege mich auf das Massagebett und lasse mich vom Klang einhüllen. Das hat eine Nerven lockernde Wirkung auf mich. Eine dreiviertel Stunde werde ich damit verwöhnt. Ich fühle mich tatsächlich ein wenig entspannter und setze mich wieder auf den Stuhl, um noch einiges zu besprechen. Hannelore überprüft mit einem Tensor meine Schwingung und meint, dass sie jetzt im Normbereich liegt. Schön wäre es. Im Moment habe ich ein gutes Gefühl. Ich bedanke und verabschiede mich und fahre nach Hause. Dort sind meine beiden Töchter. Ich möchte eigentlich allein sein und frage sie, was sie noch vorhaben. Astrid ist mittlerweile 21 und Luise 18.

»Gar nichts.«

»Morgen habe ich frei«, sagt Astrid und in meinem kranken Kopf zieht sich alles zusammen und wird schwer. Dann kann ich meine Tat wieder nicht vollbringen, wenn alle zu Hause sind. Was mache ich nur?

Erstmal ins Bett gehen und versuchen, zu schlafen. Wieder nichts. Ich wälze mich hin und her und grüble, habe Angst und Zweifel und fühle mich als Last, die allen anderen auf die Nerven geht, kein Selbstvertrauen mehr hat und am liebsten verschwinden möchte. Wieder die Nacht nicht geschlafen. Also hat die Klangschalenmassage auch nicht geholfen. Was mache ich jetzt? Es ist sieben Uhr früh. In einer Stunde muss ich zur Arbeit. Was tue ich bloß? Soll ich zum Arzt gehen oder zur Arbeit? Wenn ich zum Arzt gehe, wird der mich sicherlich aus dem Verkehr ziehen und meine ganze Arbeitsmasse, die ich so schon nicht schaffen kann, wird noch größer. Ich fühle mich nur noch unter

Druck gesetzt. Es macht überhaupt keinen Spaß. Gehe ich zum Doktor oder zur Arbeit? Ich überlege hin und her, sitze eine ganze Stunde im Auto, bis ich mich entschließe, zum Arzt zu gehen. Ich rufe meinen vorgesetzten Kollegen an:

»Du, ich muss unbedingt zum Arzt. Melde mich nachher wieder.«

»Ist gut. Bis dann.«

So, die erste Pflicht ist erledigt. Ich kann nicht klar denken. Was mache ich jetzt? Zum Mediziner gehen. Okay, erstmal anrufen, wann ich dort erscheinen darf.

Das ist auch geregelt.

Ich bin auf dem Weg zu meinem Doktor. Eigentlich könnte ich vor ein Auto laufen. Mir ist alles so egal! Keiner versteht mich! Wie denn auch, ich teile mich ja nicht mit. Irgendwie tragen mich meine Füße automatisch in die Praxis.

»Morgen. Genera. Ich hatte eben angerufen. Hier ist meine Krankenversicherungskarte.«

»Vielen Dank, Frau Genera. Der Doktor wurde gerade zu einem Notfall gerufen. Würde es Ihnen etwas ausmachen, wenn Frau Junger Sie behandelt?«

»Nein, ich bin mit Frau Junger einverstanden.«

Jetzt sage ich schon wieder zu allem ja und amen, obwohl ich es eigentlich nicht möchte. Ich kenne die überhaupt nicht und dann muss ich der diesen Mist von mir erzählen. Aber auch schon egal, hauptsache, ich habe erstmal Ruhe und vielleicht befürwortet sie Arbeitsunfähigkeit. Ich setze mich ins Wartezimmer. Kurze Zeit später öffnet die Arzthelferin die Tür und sagt: »Frau Genera, bitte.«

Ich stehe auf und folge ihr zum Behandlungsraum der Ärztin.

»Guten Morgen. Ich bin Frau Junger. Was kann ich für Sie tun?«

Ich setze mich vor den Schreibtisch auf den Stuhl und sacke in mich zusammen. Ich bin so verzweifelt. Das kann ich der doch nicht erzählen, die sieht so jung aus, meine

Güte. Das erinnert mich an meinen Psychotherapeuten, der auch so jung ist und mit dem ich bis vor einem halben Jahr zusammengearbeitet habe, um mit Veränderungen durch Verhaltenstherapie Depressionen in den Griff zu bekommen. Leider war das Kontingent der von der Krankenkasse genehmigten Stundenzahl damals erschöpft. Seither ging es mir aber auch gut und ich war der Auffassung, dass ich nicht so schnell wieder in eine Depression rutschen würde, weil ich ganz viel durch die Therapie gelernt habe. Leider habe ich mich getäuscht. Meine Güte, wieso bin ich nicht auf den gekommen? Jetzt merke ich erst, dass ich wirklich nicht mehr alle beisammen habe. Okay, ich schenke Frau Junger mein Vertrauen. Vielleicht ist alles gut so. Ich fange an zu weinen.

»Ich, ich kann nicht mehr. Ich habe so schreckliche Gedanken und würde mich am liebsten umbringen.«

Irgendwie habe ich das Gefühl, dass sie geschockt ist, es aber nicht zeigt.

»Dann ist es am besten, wenn ich Sie erst einmal sozusagen aus dem Verkehr ziehe und zum Psychiater schicke. Ich rufe jetzt sofort in der Klinik an und schreibe Ihnen eine Überweisung.«

Die Ärztin nimmt den Telefonhörer in die Hand.

»Guten Morgen, hier ist Frau Junger. Meine Patientin Frau Genera äußert mir gegenüber Suizidgedanken. Ich möchte sie zu Ihnen schicken. Bis wann sind Sie heute dort? Ah, okay. Das sage ich ihr.« Sie legt auf.

»Frau Genera, die Klinikärzte sind bis 15 Uhr vor Ort. Bitte melden Sie sich dort und es wird Ihnen weitergeholfen. Sie bekommen von mir einen Termin für den nächsten Besuch bei mir. Haben Sie jemanden, mit dem Sie sprechen können? Wenn nicht, bin ich gerne bereit dazu.«

»Äh, ich weiß im Moment gar nichts. Ich kann nicht denken. Entschuldigung.«

»Das ist überhaupt nicht schlimm. Wir haben das jetzt so vereinbart und Sie melden sich in der Klinik, okay?«

»Okay.«

Wir verabschieden uns und ich gehe zu Fuß wieder nach Hause. Dort packe ich einen kleinen Koffer, falls ich in der Klinik bleiben muss und fahre dorthin. Ich betrete das Gebäude und wende mich an die Information.

»Guten Tag. Mein Name ist Karla Genera. Frau Junger hat angerufen. Ich soll mich hier melden.«

»Ja, ich weiß Bescheid«, sagt die nette Dame an der Info.

»Bitte, gehen Sie dort durch die Tür und warten Sie, bis Sie aufgerufen werden.«

Ich gehe den Gang entlang und setze mich auf einen der Stühle, die dort stehen. Nach ein paar Minuten kommt eine junge Frau auf mich zu.

»Frau Genera?«

»Ja.«

»Ich bin Frau Polowski. Bitte kommen Sie mit.«

Ich erkenne einen polnischen Akzent, den sie spricht. Das weiß ich daher, weil ich als Teenager zwei Jahre polnisch gelernt habe. Leider kann ich die Sprache überhaupt nicht mehr. Mal schauen, wohin mich Frau Polowski führt. Sie bittet mich in ein sehr kleines Zimmer, das anscheinend für Einzelgespräche genutzt wird und stellt mir einige Fragen. Ich wiederhole das Gleiche, was ich Frau Junger auch schon erzählt habe.

»Und was wollen Sie dann hier?«, fragt Frau Polowski.

Ich starre sie an. Was soll denn so eine Frage? Hat die mich überhaupt verstanden? Jetzt habe ich der auch noch erzählt, was und wie ich alles geplant habe und da fragt die mich, was ich hier will?! Ich möchte Hilfe! Ist das so schwer oder soll ich mich gleich vor ihrer Nase umbringen? Anscheinend weiß sie nicht mehr weiter und holt noch eine andere Ärztin hinzu.

»Möchten Sie hier in der Klinik bleiben oder soll ich Sie erstmal arbeitsunfähig schreiben?«, fragt diese.

»Ich möchte wieder nach Hause und dann weiter sehen.«

»Ich schreibe Sie für vierzehn Tage krank. Danach sehen wir uns wieder. Sie haben aber jederzeit die Möglichkeit, zu uns zu kommen und stationär aufgenommen zu werden.«

»Gut.«

Ich bin etwas erleichtert, verabschiede mich, steige in mein Auto und fahre wieder nach Hause. Ich fühle mich so schwer, als hätte ich tausend Lasten zu tragen. Ich weine still vor mich hin. Wenigstens kann ich noch weinen. Das war schon mal ganz anders. Die Gedanken kreisen. Was soll ich tun? Erstmal gar nichts. Ich bin zu Hause. Das Hamsterrad dreht sich allerdings mental weiter. Meine Güte, bin ich fertig! Ich glaube, so k.o. war ich noch nie. Ich werde mal schauen, wie es mir morgen geht. Vielleicht nehme ich doch noch einmal Kontakt zu meinem Psychologen auf. Eventuell kann der mir helfen, auch wenn unsere Zusammenarbeit leider beendet ist. Er hat zu mir gesagt, wenn etwas ist, soll ich mich nicht scheuen, mich an ihn zu wenden. Jetzt gehe ich erstmal zu Bett und versuche, meine innere Unruhe durch autogenes Training zu beeinflussen. Ich bin ruhig, ganz ruhig, usw.

Es hilft einfach nicht. Ich wälze mich im Bett und grüble. Die Gedanken sind nur negativ. Mir geht es schlecht, sehr, sehr schlecht. Ich kann es nicht stoppen, auch wenn ich es möchte. Es geht nicht.

Ich dachte, ich hätte so viel gelernt! Wenn es drauf ankommt, ist alles weg, als wäre es im allertiefsten Keller verschwunden und vergraben. Ich will da wieder raus! Ich will es schaffen, auch wenn es lange dauert. Anscheinend habe ich doch noch ein ganz kleines bisschen Urvertrauen. Ich glaube, mein Selbstbewusstsein ist weg. Ich kann mich nicht so akzeptieren, wie ich im Moment bin. Wie kann ich wieder zu mir finden? Daran werde ich arbeiten, auch wenn mein Gedächtnis es morgen vergessen hat. Ich kann mich einfach nicht konzentrieren.

Henri liegt neben mir und schläft. So einen gesunden Schlaf möchte ich auch haben. Seit die Kinder da sind, habe ich keine Nacht mehr durchgeschlafen. Wer sagt eigentlich, dass die Frau hier die Übermutter zu sein hat und sich um alles kümmern soll? Die Gesellschaft verlangt das und ich bin so lieb und brav und tue alles, was gefordert wird. Wo bleibe ich dabei? Mein »Ich« verschwindet und wird zu einem allgemeinen »man«. Man hat dies zu tun und jenes. Mütter haben zu arbeiten und sich um die Kinder und zusätzlich um den Haushalt zu kümmern! Das ist die Aufgabe der Frauen, dazu lassen sie sich drängen. Männer dürfen immer noch »nur arbeiten«, spätabends nach Hause kommen, wenn die Kinder schon im Bett sind und dann werden noch Ansprüche und Aufgaben stellt, weil dem Mann so einiges nicht gefällt zu Hause. Wenn jemand dann noch konfliktscheu und harmoniesüchtig ist wie ich, ja, dann werden keine Grenzen gesetzt und ich lasse mir alles gefallen.

Ist es dann ein Wunder, dass man irgendwann nicht mehr funktionieren kann und will? Man sieht keinen Ausweg mehr und wünscht sich ins Grab.

Am nächsten Morgen bin ich wie gerädert. Ich stehe langsam auf, schleppe mich ins Badezimmer. Anschließend gehe ich in die Küche, um zu frühstücken. Müsli mit Milch und eine Banane. Dazu die Blutdrucktablette und die Jodtablette für die Schilddrüse, mmh, was für ein »leckerer« Schmaus. Was mache ich heute? Erstmal Zeitung lesen. Diese ewigen Negativberichte nerven mich tierisch und ziehen mich noch weiter runter. Eigentlich müssten wir die Tageszeitung abschaffen. Dann können wir Geld sparen und ich wäre von diesem Mist nicht so niedergeschlagen. Mal sehen. Ich kann mich einfach nicht konzentrieren. Was stand da? Mein Gehirn ist überstrapaziert und will sich nichts merken. Ich habe keine Kraft! Was koche ich heute? Keine Ahnung. Ich lege mich wieder ins Bett. Später schreibe ich eine Email an meinen Psychologen, ob ich vielleicht noch ein letztes Mal kommen kann und erkläre meine Lage. Am nächsten Nachmittag bin ich dort.

»Hallo.«

Er begrüßt mich freundlich mit Handschlag.

»Setzen Sie sich.«

»Hallo. Ich bin völlig fertig. Ich kann nicht mehr und habe diese schrecklichen Gedanken. Ich will nicht in diese verdammte Klinik. Sie hatten immer so gute Ideen. Könnten Sie mit mir etwas anderes ausprobieren?«

Ich weine. Er stellt weitere Fragen und sagt: »Ich bin mit dem, was Sie mir erzählen, unsicher, ob es ratsam ist, dass Sie zu Hause bleiben und nicht in die Klinik gehen. Ich frage jetzt noch meine Kollegin und dann überlegen wir gemeinsam, was das Beste für Sie ist.«

Ich stehe auf und möchte ein bisschen hin und her laufen.

»Sie bleiben bitte in diesem Zimmer.«

»Keine Angst, ich hau nicht ab. Ich warte auf Sie.«

Der glaubt tatsächlich, dass ich fliehen will und eventuell mit dem Auto irgendwo vorfahre. Aber das will ich jetzt nicht! Nun, der kann mir auch nur vor den Kopf schauen und nicht hinein. Er kommt zurück.

»Meine Kollegin bzw. Chefin und ich glauben, dass es zu Ihrem eigenen Schutz am besten ist, wenn Sie in die Klinik gehen, und zwar in die geschlossene Abteilung.«

Ich weine nur noch.

»Ich will da nicht hin! Dazu noch in die Geschlossene. Das ist bestimmt wie im Gefängnis und ich komme nicht mehr raus.«

»Das wäre aber freiwillig und wenn Sie gar nicht mehr dort bleiben möchten, können Sie jederzeit Bescheid geben, dass Sie gehen wollen.«

Meine Tränen lassen etwas nach.

»Okay, vielleicht ist es im Moment wirklich das Beste. Ich mache es.«

»Dann rufe ich jetzt dort an und frage, ob ein Bett frei ist und wenn ja, sagen Sie Ihrem Mann Bescheid, dass er Sie abholen und dort hinbringen soll.«

Er geht wieder aus dem Zimmer und ich kann überhaupt nicht mehr klar denken. Was habe ich gemacht? Nach kurzer Zeit kehrt er zurück.

»Es ist tatsächlich noch ein Bett frei. Sie rufen jetzt Ihren Mann an und bestellen ihn hierhin.«

Ich tue, was er gesagt hat. Ich rufe Henri an und bitte ihn, in die Praxis zu kommen. Er ist völlig betroffen. Ich kann nur noch weinen und reiche das Telefon weiter an meinen Psychologen. Er erklärt Henri, was wir besprochen haben.

Nach zwei Stunden ist er in der Praxis. Henri setzt sich auf den Stuhl neben mich und schaut mich an. Ich weine wieder. Mein Psychologe sagt:

»Möchten Sie Ihrem Mann alles erklären oder soll ich das tun?«

»Würden Sie? Ich kann mich überhaupt nicht konzentrieren.«

Dann erzählt er Henri meine ganze Psychogeschichte und woran wir gearbeitet haben. Ich sitze daneben und staune. Der hat ja ein Supergedächtnis, was der alles noch weiß! Da lebt jemand seine Berufung! Toll! Ich selbst fühle mich so klein, erstarrt und gelähmt. Ich beschimpfe mich in meinem Inneren. Meine Güte, jetzt hatte ich längere Zeit keine Therapie und schon lande ich in der Klinik. Habe ich nichts gelernt? Wer weiß, wie lange es dauert, bis ich aus diesem Zustand herauskomme. Ich bin so tief unten, das kann kein Außenstehender verstehen. Die denken sicherlich alle nur, dass ich wirklich einen an der Klatsche habe! Die Psychotante! Traut sich bloß keiner zu sagen.

Wir verabschieden uns mit Handschlag, mein Psychologe schaut mich aufmunternd an und sagt: »Alles Gute.« Das war es dann. Der Kloß in meinem Hals ist riesengroß. Ich fühle mich so schwer wie ein nasser Sack.

Wir steigen in Henris Auto und ich frage: »Was ist mit meinem Auto?«

»Das kann Luise morgen abholen. Wir fahren nach Hause, du packst deinen Koffer und ich bringe dich zur Klinik.«

»Ist gut.«

Wir schweigen. In meinem Kopf herrscht ein einziges Chaos. Gedanken schwirren unkontrolliert hindurch. Wie schrecklich! Ich soll in die Geschlossene! Allein die Vorstellung versetzt mich in Panik. Aber ich sage nichts. Zu Hause packe ich ein paar Kleidungsstücke und meinen Kulturbeutel ein, teile meinen Töchtern mit, dass ich in die Klinik muss und Henri fährt mich hin. Es dauert nur ein paar Minuten, bis wir dort vor der Tür stehen. Ich klingel. Die Tür ist abgeschlossen. Eine Schwester erscheint und zieht einen Schlüssel an einem Band aus ihrer Hosentasche und öffnet die Tür. Ich denke, das ist wie im Gefängnis. Im Grunde genommen ist es auch so. Die Insassen dürfen nur mit Erlaubnis und einem Begleiter nach draußen. Mir ist vor Aufregung ganz schlecht.

»Mein Psychologe hat angerufen. Ich soll mich hier melden. Mein Name ist Karla Genera.«

»Ach ja, ich gebe unserem Chefarzt Bescheid, dass Sie jetzt da sind. Setzen Sie sich dort auf das Sofa. Ihr Mann kann so lange hier bleiben.«

Dafür bin ich dankbar. Sofern ich überhaupt in der Lage bin, etwas zu fühlen, dann ist es Beklommenheit und Angst. Wir setzen uns nebeneinander. Nach kurzer Zeit ruft mich die Schwester zu sich, um die Formalien zu erledigen. Mein Koffer wird nach spitzen Gegenständen, Gürteln, Messern und Scheren durchsucht. Solche Dinge werden eingezogen zum Schutz vor Selbstverletzung oder Schlimmerem. Eine Blutuntersuchung wird durchgeführt und ein Fragebogen über den psychischen Zustand ausgefüllt. Anschließend erscheint der Chefarzt.

»Guten Abend, Frau Genera. Wie geht es Ihnen jetzt? Kommen Sie doch bitte mit, ich habe noch ein paar Fragen an Sie.«

»Kann mein Mann auch mit dabei sein?«

»Nein, ich möchte zunächst mit Ihnen allein sprechen.«

Ich gehe hinter ihm her in ein Besprechungszimmer. Er fragt mich, warum ich hier bin, was ich mir antun wollte und warum. Ich erzähle es ihm. Ich finde ihn freundlich.

»Deswegen wollten Sie sich umbringen?«

Wieder komme ich mir so unverstanden vor. Ich weiß doch selber, dass das blöd ist, ich kann aber nicht anders. Was soll ich denn tun? Ich bin doch noch da. Jetzt soll ich ihm versprechen, dass ich mir heute Nacht nichts antue. Habe ja auch kein Werkzeug und die Fenster lassen sich nicht öffnen. Unsere Vereinbarung wird per Handschlag besiegelt. Anschließend darf ich auf mein Zimmer. Das ganze Zimmer für mich alleine. Bin ich froh! Henri begleitet mich hinein und möchte sich verabschieden. Ich fange wieder an zu weinen.

»Du kommst doch morgen wieder und besuchst mich?«

»Aber natürlich, meine Kleine.«

Er gibt mir einen Kuss auf die Wange und geht. Ich stehe einfach da und heule. Ich ziehe meinen Schlafanzug an und begebe mich ins Badezimmer, das von mir und den Patienten im Nebenzimmer benutzt werden kann. Damit niemand, der sich dort befindet, gestört wird, schließt man beide Türen von innen ab. Nur blöd, wenn die anderen vergessen, wieder aufzuschließen.

Im Nebenzimmer liegen zwei Männer. Das höre ich an den tiefen Stimmen. Ich lege mich ins Bett und versuche, zu schlafen. Sie haben mir eine Psychopille gegeben. Ich bin total erschöpft, höre aber auf alle Geräusche. Von Schlaf keine Rede. Der Chefarzt hat eine Psychopille und bei Bedarf eine Schlaftablette verordnet. Mein Verstand ist noch insoweit wach, dass ich auf keinen Fall ein Einschlafmittel nehmen möchte. Zum Glück zwingt mich niemand dazu und ich dämmere vor mich hin. Nachts wird öfters die Tür geöffnet und eine Schwester schaut herein. Sie will wissen, ob alles in Ordnung ist. Das Türöffnen stört sehr. Wieder nichts mit Schlaf. Am Morgen werde ich geweckt, nachdem ich wohl doch ein wenig eingenickt bin. Ich wasche mich und gehe anschließend aus meinem Zimmer hinaus, um zu sehen, ob ich mich nützlich machen kann. Zuerst werden die Tabletten verteilt. Ich erhalte meine obligatorischen Jod- und Blutdrucktabletten. In der Gemeinschaftsküche werden Tassen und Teller für das Frühstück verteilt. Kaffee und Tee werden gekocht. Es gibt Brötchen, Aufschnitt, Marmelade und ein bisschen Tomaten und Gurken.

»Ist es egal, wohin ich mich setze?«

Die Patienten wirken auf mich ganz normal, Leute wie du und ich. Ein paar plaudern vertraut miteinander, andere schweigen, ich beobachte. Anschließend wird das dreckige Geschirr in die Spülmaschine gestellt und der Morgen beginnt. Ein junger Mann fragt mich, ob ich Schach spiele. Ich sage ja, obwohl mein letztes Spiel schon sehr lange zurückliegt. Er freut sich. Endlich hat er eine Mitspielerin gefunden. Wir beschäftigen uns damit bis zum Mittagessen. Wieder Gläser, Teller und Besteck verteilen. Es wird gegessen. Irgendeiner erzählt etwas. Anschließend gehe ich auf mein Zimmer und versuche zu lesen. Eine Kurzgeschichte von Alice Munro. Ich lese einen Satz, ich lese die ganze Seite. Was habe ich denn da gelesen? Noch mal. Ich kann mir keinen einzigen Satz merken. Das Buch lege ich an die Seite. Ich gehe im Zimmer hin und her, hin und her. Meine innere Unruhe breitet sich weiter aus. Es ist schrecklich hier! Ich will fort von diesem Ort. Ich weine vor mich hin. Plötzlich ein Riesengeschrei aus dem Nebenzimmer. Es hört sich an, als ob jemand einen Schrank mit Getöse umwirft und dabei aus vollem Hals schreit. Es wird mit den Händen gegen die Tür zu meinem Raum getrommelt und plötzlich öffnet sie sich! Ein wütender junger Mann stapft in mein Zimmer, brüllt und läuft hinaus in den Flur. Ich habe Angst, folge ihm vorsichtig in

218

den Gang, in dem schon ein Pfleger mit einer Spritze angelaufen kommt und ihm in den Arm sticht. Der junge Mann wird von fünf Mitarbeitern festgehalten, so langsam beruhigt er sich wieder. Ich komme mir vor wie bei »Einer flog über das Kuckucksnest« mit Jack Nicholson. Wenn ich hier noch ein paar Tage bleibe, bekomme ich einen Koller. Ich muss wiederholt zu mir sagen, dass ich freiwillig hier bin, zu meinem eigenen Schutz und dass ich jederzeit gehen kann, wenn ich das möchte. Es ist einfach nur schrecklich. Manche der Patienten sind schon ein paar Wochen hier und nicht aus freiem Entschluss. Wenn ich mir vorstelle, ich bliebe hier eingesperrt, wäre ich bestimmt noch niedergeschlagener und lethargischer, sofern eine Steigerung diesbezüglich überhaupt noch möglich ist. Vielleicht soll es aber auch meinem Gehirn verdeutlichen, was passiert, wenn ich nichts ändere. Ich habe es selbst zu verantworten. Ich habe mich jetzt entschieden, weiter zu leben und muss mich den Tatsachen stellen, auch wenn es große

Ängste und seelische Schmerzen auslöst. Ich will aus diesem Tief wieder herausfinden. Wahrscheinlich wird das sehr lange dauern und mit weiterhin sehr viel Arbeit an mir selbst verbunden sein, aber irgendwo habe ich doch noch einen sehr kleinen Rest Hoffnung, dass ich mich aus meinem abgrundtiefen Sumpf befreien kann.

Ich frage eine der Schwestern leise und vorsichtig:

»Wissen Sie, wann ich hier wieder heraus komme?«

»Sie können nachher mit unserem Chefarzt über die weitere Art der Therapie sprechen. Er wird heute Vormittag auf unserer Station erscheinen. Eventuell werden Sie noch heute aus der geschlossenen Abteilung in die offene Vollstationäre verlegt.«

Gott sei Dank. Ich darf möglicherweise heute hier raus. Irgendwie sind die Patienten teilweise sehr schwer zu ertragen. Das liegt wohl daran, dass einige nicht der gesellschaftlichen Norm entsprechen. Peter ist blind und hat eine schwere Psychose. Martin wird immer wieder sehr aggressiv. Lara ist alkoholsüchtig und schon zum fünften Mal hier. Sie überlegt, sich am Gehirn operieren zu lassen, um der Sucht zu entgehen. Herr Otto fährt mit seinem Rollator über die Flure. Er ist über achtzig Jahre alt, sehr sympathisch und erscheint mir völlig normal. Aber was ist schon normal? Ich? Die Mitinsassen? Die Menschen außerhalb der Klinik? Wir alle schauen immer nur vor die Köpfe, können in Wirklichkeit nicht hineinsehen. Was spielt sich in den Gehirnen ab? Was denkt die Gesellschaft? Es existieren so viele Vorurteile. Depressionen und andere psychische Erkrankungen sind heute, im 21. Jahrhundert, immer noch ein Tabuthema. Wer traut sich denn, offen zuzugeben, dass er in der Psychiatrie war? Kaum jemand. Wird eine körperliche Krankheit diagnostiziert, ist Bedauern und Mitfühlen selbstverständlich. Eine psychische Erkrankung jedoch erweckt in vielen Menschen das Klischee, selbst schuld zu sein an den Depressionen oder dass der Kranke einfach nur so tut, um sich vor wichtigen Dingen zu drücken. Ich wünsche diesen Leuten nur, dass sie einmal in die gleiche Situation geraten, denn das kann ausnahmslos jedem geschehen. Dann ist es hoffentlich vorbei mit den Voreingenommenheiten!

In diesem Augenblick tritt der Chefarzt in mein Zimmer.

»Frau Genera, kommen Sie bitte zu mir«, sagt er und lädt mich ein, auf dem Sessel Platz zu nehmen.

»Ich habe gerade mit unseren vollstationären Abteilungen gesprochen. Leider ist es sehr voll. Ich hätte noch ein Bett in der Geriatrie, dort befinden sich hauptsächlich ältere Leute, teilweise mit Alzheimer, Schizophrenie und sonstigen schweren psychischen Erkrankungen. Wenn Sie einverstanden sind, werde ich Sie dorthin verlegen und Sie können sich wieder frei bewegen.«

»Wie lange müsste ich dort bleiben?«

»Ungefähr drei Wochen. Sie werden das mit der Stationsärztin besprechen. Eine Schwester wird Sie nachher abholen und zu

222

Ihrem Zimmer begleiten. In der Zwischenzeit können Sie Ihre Sachen packen. Ich wünsche Ihnen alles Gute.«

»Danke.«

Ich bin erleichtert, dass ich aus der geschlossenen Abteilung in eine der Offenen verlegt werde. Ich fühle mich immer noch so schwer und niedergedrückt. Ich habe einfach keine Kraft. Mir ist es schon zu viel, zu sprechen. Ob ich jemals wieder aus diesem tiefen Tal herausfinde? Letztendlich bin ich nach dem Besuch bei meinem Psychologen froh, soweit ich das überhaupt fühlen kann, dass ich hier bin und mir geholfen wird. Andere meinen, ich würde es ohne Klinik schaffen. Das glaube ich jetzt nicht mehr. Ich kenne mich besser als alle anderen. Wenn es mir hier schlecht geht, kann ich mit einer professionellen Schwester oder einem Pfleger sprechen. Die sind tagtäglich mit psychisch erkrankten Menschen zusammen, entsprechend ausgebildet und helfen ihnen. Darauf vertraue ich. Es ist ja wirklich nicht mehr wie in »Einer flog über das Kuckucksnest«, in dem der Hauptperson zum Schluss Nervenstränge im Gehirn durchtrennt wurden, um sie gefügig zu machen.

Am späten Nachmittag erscheint die Schwester, die mich abholen soll und wir gehen gemeinsam in die andere Abteilung in ein Zweibettzimmer. Ich habe eine nette Zimmerkollegin, die sich schon ein paar Wochen hier befindet und nur ein wenig älter ist als ich. Die meisten Patienten auf dieser Station sind über siebzig. Ich wasche mich im Badezimmer, schaue in den Spiegel und denke: Meine Güte, siehst du alt und fertig mit der Welt aus! Einfach schrecklich. Ich möchte mich mal wieder freuen und Spaß haben. Was ist das Leben ohne Freude? Eine einzige humorlose Pflichtübung. Puh, ich bin nur negativ, schlafe schlecht wie immer. Ich will versuchen, mich aus diesem Jammertal herauszuziehen und hoffe, dass es mir gelingt.

Zur Begrüßung sage ich zu meiner Nachbarin: »Guten Tag, ich heiße Karla. Wir können uns ruhig duzen.«

»Hallo, einverstanden. Ich heiße Sabine und bin schon ein paar Wochen hier. Ich fahre am Wochenende nach Hause, mein Sohn holt mich ab und du hast das Zimmer dann für dich alleine.«

»Oh, schön.«

Henri, Astrid und Luise werden mich sicherlich am Wochenende besuchen. Ich kann endlich einmal abschalten ohne an Pflichten der Arbeit oder zu Hause zu denken. Das hilft mir zwar nicht aus meinem Tief heraus, aber ich fange an, nachzudenken und bin zuversichtlich, irgendwann vielleicht wieder fit zu sein. Die meisten Patienten auf dieser Station sind nett. Wir sitzen zu viert am Essenstisch und unterhalten uns. Frau Michael hört Stimmen, Frau Peter plagt sich mit einer Zwangskrankheit, Sabine und ich haben Depressionen. Herr Walter ist über achtzig und leidet an Alzheimer. Er geht wieder und wieder über die Flure, ist manchmal aggressiv und öffnet jede Zimmertür. Plötzlich trägt er eine Schmuckkette in der Hand. Das ist ja meine

Kette! Ich wende mich an die diensthabende Schwester und teile ihr mit, dass Herr Walter meine Kette aus meinem Nachtschränkchen herausgenommen hat. Die Schwester spricht ganz ruhig mit ihm:

»Herr Walter, würden Sie mir bitte die Kette geben? Ich glaube, die gehört jemand anderem.«

Er schaut auf den Schmuck in seiner Hand, lächelt die Schwester an und gibt ihr die Kette. Ich bin erleichtert. Auf jeden Fall hat er es nicht mit Absicht getan. Wer weiß schon, was in seinem Kopf vor sich geht. Da ist auch noch Frau Holz, die oft laut schreit und einen Helm trägt. Sie erzählt mir etwas und fragt mich:

»Möchten Sie meine Freundin sein?«

Ich bin gerührt, weiß nicht, was ich sagen soll und drücke mich ein wenig vor der Antwort.

Drei Wochen, um wenigstens ein bisschen zur Ruhe zu kommen, sind schnell vorüber. Danach warte ich ein paar Wochen auf einen Tagesklinikplatz. In der Zwischenzeit versuche ich, so viel wie möglich an die frische Luft zu gehen und mich zu bewegen. Ich befinde mich immer noch in einem sehr, sehr tiefen Tal und frage mich, ob es mir jemals wieder besser gehen wird. Zufällig bin ich auf ein Buch gestoßen, das die transgenerationale Weitergabe von Traumata thematisiert. Ich lese es und mir fällt es wie Schuppen von den Augen. Das ist es! Zumindest glaube ich, dass die Kriegs-, Verlust- und Fluchterlebnisse und die daraus resultierenden Depressionen meiner Oma Wilma und meiner Mutter Emma auch auf mich übertragen wurden und ich Teile ihrer Lasten auf meinen Schultern trage. Das geschah natürlich unbewusst. Emotionen wurden unterdrückt, seelische Bedürfnisse überhaupt nicht wahrgenommen. Gehorsam, Funktionieren und sich unterordnen in Hierarchien waren die Werte, die auch für Wilma und Emma stets galten.

Wie soll man dagegen angehen?

Indem man sich bewusst macht und akzeptiert, dass Depressionen immer wieder

227

auftreten können, aber nicht zwangsläufig müssen. Sich Unterstützung zu holen kann sehr hilfreich sein. Falls ich denke, dass ich jetzt ein für alle mal von dieser Krankheit befreit bin und ich habe irgendwann doch erneut eine Episode, werde ich versuchen, diese zu akzeptieren und mich nicht wie ein Versager fühlen, der es wieder nicht geschafft hat, davon loszukommen. Ich hoffe, dass ich wenigstens das gelernt habe.

23. Traumaverarbeitung

Ein paar Jahre später sitze ich, Karla Genera, bei meiner Therapeutin und teile ihr mit, dass ich zur Zeit Albträume habe. Ich weiß, dass ich mit ungefähr vier Jahren ein Trauma hatte, nur nicht wie und was es war. Mittlerweile habe ich das diffuse Gefühl, dass nicht nur die Traumata meiner Mutter und Großmutter, meines Vaters, von dem ich nur weiß, dass er in Kriegsgefangenschaft war, mein bisheriges Leben beeinflusst haben, sondern auch eigene. Ich möchte gerne wissen, was es war, damit ich es endlich verarbeiten und loslassen kann. Vielleicht heilen damit die Depressionen, und zwar so, dass sie nicht wiederkommen. Tiefenpsychologie, mit der wir jetzt arbeiten, ist für mich sehr spannend. Es geht direkt ins Unterbewusste, dort kann ich Bilder für mich hervorrufen, die ich sehe und sie auf diese Weise bearbeiten. Ich bitte für mich um Unterstützung durch meine geistigen Helfer. Das mag für Menschen, die rein logisch denken und keinen Glauben an Hilfe durch das Universum haben, vielleicht verrückt klingen, aber jeder darf in unserem Land das denken und glauben, wovon er sich angezogen fühlt. Keiner hat das Recht, sich anzumaßen, was richtig oder falsch ist. Es gibt nicht nur ein entweder oder, sondern ganz viele Möglichkeiten, von denen man sich die für sich selbst am besten Passenden aussuchen kann.

Ich bin sehr unruhig. Ich sitze im Sessel, meine Therapeutin mir gegenüber. Sie führt mich in die Entspannung. Es ist ganz still. Diese Stille ist für mich körperlich spürbar. Ich sehe das Bild des dunklen Kohlenkellers in dem Haus, in dem wir gewohnt haben. Ich habe Angst. Meine Therapeutin rät mir, mit meinen Fingern auf meine Oberschenkel zu klopfen, um die Angst aushalten zu können. Ich befolge ihren Rat.

Ich wurde als kleines Kind in diesen dunklen Kohlenkeller eingesperrt, weil ich ungehorsam und laut war. Ich habe den Vermieter unserer Wohnung gestört und meine

Eltern haben ihm die Erlaubnis gegeben, mich dort unten einzusperren, damit ich wieder »vernünftig« werde (als kleines Kind mit vier Jahren). Meine Eltern und der Vermieter Herr Kurz waren für mich übermächtig und ich war ohnmächtig gegenüber einer solchen Strafe. Mit Hilfe meiner Therapeutin habe ich den dunklen Kohlenkeller in einen hellen Raum mit goldenen Steinen, schönen Kerzen, einer Hängematte, auf der ich und eine Giraffe sitzen, umgewandelt. Ich bin so erleichtert und beschwingt davon, dass ich die drei in ihre Schranken verwiesen und mir ein positives Bild erschaffen habe. Jetzt ist die Schwere verschwunden! Ich fühle mich gut und endlich erfüllt. Ich glaube, jetzt war der Zeitpunkt, das alles anzugehen. Ich freue mich darüber und über dieses positive Ergebnis. Ich weine vor lauter Rührung. Endlich kann ich diesen Anteil in mir integrieren und ich hoffe, dass die diffusen Ängste auf Dauer verschwunden sind. Ach, wie bin ich froh! Das ist ein Grund zu feiern. Ich hoffe, dass ich von nun an vorrangig das tun kann, was ich möchte, was mich erfüllt und erfreut. Das ständige Funktionieren hat ein Ende und ich habe die Vision, dass sich einige Träume doch noch erfüllen lassen. Das ist für mich das größte Geschenk. Wir werden sehen. Gedanken haben sehr viel Kraft. Ich werde versuchen, meine positiven Vorstellungen in die Realität umzusetzen und hoffe, dass es mir gelingt. Da bin ich zuversichtlich. Als Erstes habe ich nach jahrelangen Zweifeln meine Arbeit gekündigt. Es ist ja nicht so, dass ich von einem Tag auf den anderen alles hingeschmissen habe. Bisher haben mich die vermeintliche Sicherheit des Arbeitsplatzes und meine Ängste zurück-gehalten. Da ich nicht weiß, wie lange ich noch lebe, hätte ich am Sterbebett bestimmt bereut, es nicht getan zu haben. Die Krank-heit hat mich dazu gebracht, dies zu erkennen. Ich fühle mich befreit!

24. Vorläufiges Ende des Zyklus

Ich bin bei einer befreundeten Heilpraktikerin angekommen, setze mich in ihr Wartezimmer und schaue mir die Bilder an der Wand an. Alles Acrylbilder, selbstgemalte und einige von Freunden und Patienten.

Könnte ich auch mal wieder tun, denke ich.

Ich male und zeichne sehr gerne, wenn die Zeit es zulässt. Ich schaue aus dem Fenster nach draußen. Es regnet.

»Hallo Karla, komm herein«, sagt Marianne. Ich stehe von meinem Stuhl auf, gehe zur Tür und begrüße sie mit Handschlag. Ich setze mich auf den bequemen Sessel und warte ein paar Sekunden.

»Wie geht es dir?«, fragt sie mich.

»Im Moment richtig gut. Ich hatte dir doch von den Sitzungen mit meiner Therapeutin zur Traumaverarbeitung erzählt. Seither geht es mir wirklich viel, viel besser. Vielleicht war das der Knackpunkt! Das wäre schön und ich bin endlich von diesen blöden Depressionen befreit.«

»Okay, du hast mir erzählt, dass du gerne mit mir eine Rückführung in ein früheres Leben praktizieren möchtest.«

»Ja, ich finde das so spannend und da du ja Erfahrung in solchen Dingen hast und ich dir vertraue, dachte ich mir, dass du die Richtige dafür bist. Wäre es möglich, in ein schönes früheres Leben zu gehen, in dem es wenig Plackerei und Pflichterfüllung gab?«

»Klar. Ich leite dich an und erkläre dir erstmal, wie so etwas abläuft.«

Jetzt bin ich sehr aufgeregt.

»Zuerst führe ich dich in die Entspannung, das wird ein bisschen länger dauern und dann frage ich dich, wo du bist usw. Ich frage dich auch, was jetzt passiert, sodass du dein ganzes Leben, in das du zurückgeführt wirst, vor Augen hast. Du kannst dir ja alles in Bildern vorstellen, also denke ich, wird es für dich relativ einfach sein, das damalige Leben zu beschreiben. Es sollte auch einen Bezug zu deinen jetzigen Problemen haben und dir vielleicht Lösungsansätze anbieten. Das geschieht alles intuitiv. Bist du bereit?«

Ich setze mich bequem in den Sessel. Marianne spricht mit leiser Stimme und lullt mich ein. Ich kann mich immer mehr entspannen.

»....und wenn du ein Bild hast, einen Gedanken oder ähnliches, dann erzähle es mir.«

Es ist ganz still. Alles ist weit, weit weg. Geräusche sind nicht mehr vorhanden, nur zeitweise die Stimme von Marianne. Jetzt ist auch sie still und ich bin tiefenentspannt. Vor meinem inneren Auge erscheint ein Bild.

»Ich sehe ein dreistöckiges Gebäude. Es ist grau und schlossähnlich. Ich glaube, es ist ein Herrenhaus in Australien aus dem 19. Jahrhundert. Ich stehe vor der Haustür, trage einen Reiteranzug und habe eine Gerte in der Hand. Ich könnte so zwischen 25 und 30 Jahre alt sein. Vor der Tür ist es ein bisschen matschig und es scheint ziemlich viel geregnet zu haben. Ein paar Meter weiter steht ein weißer Schimmel, der bereits gesattelt ist. Langsam schreite ich durch den Matsch auf das Pferd zu und steige auf. Ich tätschele seine Mähne, trete in die Sporen und auf geht es. Ich galoppiere mit dem Pferd über Wiesen und durch Wälder. Ich fühle mich frei. Der Wind streift mein Gesicht und ich bin einfach glücklich.«

»Wie geht es weiter?«, fragt Marianne.

»Hm, jetzt kommt ein Reiter angaloppiert und klopft an unsere herrschaftliche Tür. Anscheinend gibt es auch Bedienstete. Der Butler öffnet die Tür. Dort steht ein junger Mann mit einem Telegramm in der Hand. Der Butler ruft mich und ich begebe mich vom ersten Stock in einem langen Kleid die Treppe hinunter, gefolgt von meinen drei Kindern, einem Jungen und zwei Mädchen. Die Älteste ist höchstens zehn Jahre alt. Ich habe ein flaues Gefühl im Magen und bedeute dem jungen Mann, zu sprechen.

»Mylady, ich habe hier ein Telegramm der Schifffahrtsgesellschaft, mit der Ihr Mann zur Zeit auf See ist. Das Schiff, auf dem er sich befand, ist bei einem Unwetter untergegangen. Ein anderes Handelsschiff, das ein paar Tage später die gleiche Route genommen hat, hat Teile des Wracks gefunden. Leichen waren nicht dabei, aber es wird davon ausgegangen, dass es keine Überlebenden gab. Sie sind jetzt wohl auf dem Meeresgrund begraben. Mein Beileid.«

Ich starre den Überbringer dieser Botschaft an und auf das Telegramm. Ich begreife die Worte nicht, die dort stehen. Mein Mann ist tot? Es gibt keine Leiche? Ich konnte mich noch nicht einmal von ihm verabschieden. Es kommt mir so unwirklich vor. Er war Handelsvertreter bzw. Kaufmann, der Wolle von unseren Schafen in andere Länder verkauft hat. Deswegen war er manchmal monatelang mit dem Schiff unterwegs. Ich zittere, schaue meine Kinder an, sage: »Euer Vater ist tot« und breche zusammen.

»Wie geht es weiter?«, fragt Marianne.

»Ich bin jetzt mit meinen Kindern auf der Beerdigung. Wir trauern. Für uns alle ist es sehr schlimm, dass es keine Leiche gibt und wir einen leeren Sarg in die Erde geben müssen. An meiner Seite ist ein Mann in meinem Alter, vielleicht ein bisschen älter, so wie mein toter Ehemann. Er stützt mich. Das ist ein guter Freund meines Mannes, unser Nachbar, dessen Grundstück an unseres grenzt, aber trotzdem weit entfernt ist.«

»Wie geht es weiter?«

»Jetzt bin ich auf einer Hochzeit. Vom Alter her würde ich sagen, ich bin so ca. 45 Jahre alt, habe schon ein paar graue Strähnen. Ich strahle und sehe so glücklich aus. Ich selbst feiere Hochzeit mit diesem Nachbarn. Wir tanzen, meine Kinder freuen sich für uns und tanzen eifrig mit. Mein neuer Mann ist ein Seelenverwandter und ich verstehe mich mit ihm sehr gut. Wir lieben uns.«

»Wie geht es weiter?«

»Jetzt bin ich so ca. 70 Jahre alt. Mein jetziger Mann liegt im Sterben. Ich streichle ihn, fahre ihm über das schüttere Haar und weine. Das ist jetzt der zweite Mann, den ich verliere, aber von diesem kann ich mich wenigstens verabschieden.«

»Wie geht es weiter?«

»Jetzt bin ich so ca. 80 Jahre alt, habe schneeweißes Haar und stehe vor der Haustür unseres Herrenhauses. Ich stütze mich auf einen Stock und möchte zu dem alten Schimmel, der ein paar Meter von mir entfernt ist, hingehen und ihm über die Mähne streichen. Es ist sehr matschig und ich komme nur mühsam und ganz langsam Schritt für Schritt voran. Zwei meiner Bediensteten stehen vor der Haustür und schauen zu. Sie passen anscheinend auf, dass mir nichts passiert. Ganz plötzlich falle ich um! Meine Diener schreien auf und waten durch den Matsch zu mir. Einer versucht, den Puls zu finden. Nichts mehr. Ich bin tot.«

»Wie geht es weiter?«

»Anscheinend bin ich irgendwo auf einer Wolke oder im Himmel, keine Ahnung. Da ist eine männliche Person in einer langen blauen Kutte, der aussieht wie Jesus. Er hat ein hübsches Gesicht und lächelt mich an. Neben ihm stehen meine beiden verstorbenen Männer in schwarzen Anzügen und sehen mich an. Beide wollen, dass ich zu

239

ihnen in die Mitte komme und mich bei jedem von ihnen einhake. Das befolge ich.«

»Möchtest du beiden noch etwas sagen?«

»Ja, ich möchte meinem verschollenen, mit dem Schiff untergegangenen Mann etwas mitteilen.«

»Dann sag es ihm.«

Ich fange an zu weinen.

»Ich konnte mich nicht mal von dir verabschieden, als du gegangen bist! Es gab keine Leiche, nichts! Da war immer Ungewissheit, ob du auch wirklich tot warst. Ich habe mich so alleine gefühlt. Kein Zeichen, nichts, überhaupt nichts!«

»Es tut mir leid, ich war wirklich tot, mausetot. Ich bin ertrunken.«

»Okay, das ist ganz schrecklich. Ich habe euch beide geliebt.«

Jetzt stehen wir drei eng und eingehakt zusammen, eingerahmt von einem goldfarbenen Herzstrang. Wir sind miteinander verbunden.

»Hast du irgendein Gefühl, ob die beiden Seelen zusammen mit dir jetzt inkarniert sind?«

»Hm, mal schauen. Der eine lebt jetzt und ich weiß auch, wer das ist. Ich konnte mich im jetzigen Leben von ihm verabschieden. Der andere ist zur Zeit nicht inkarniert, aber er unterstützt und schützt mich und begleitet mich auf meinem Weg, auch wenn ich ihn nicht sehen kann. Ich glaube, damit ist jetzt alles gesagt.«

»Gut. Dann entspann dich noch ein bisschen und komme in deinem Tempo zurück ins Hier und Jetzt. Lass dir so lange Zeit, wie du brauchst.«

»Puh, da bin ich wieder. Meine Güte, ich sehe das alles klar und deutlich vor mir, das ist sehr spannend. Ich glaube, dass ich ein paar für mich unklare Gegebenheiten dadurch auflösen konnte. So ein Abschiedsschmerz kann einen sehr mitnehmen, aber es ist doch gesund, wenn man ihn zulässt, auch wenn es lange dauert, bis er vergeht. Jetzt habe ich das aufgelöst. Liebe Marianne, ich bin so froh und dankbar, dass ich das heute zusammen mit dir erleben durfte. Ich glaube, jetzt war der richtige Zeitpunkt dafür. Ich kann es annehmen, wie es ist, und, sollte ich jemals wieder so schwere Depressionen bekommen, werde ich versuchen, hindurchzugehen, indem ich meine Gefühle zulasse und mich hoffentlich daran erinnere, dass und wie ich sie überwinden kann, auch wenn es sehr lange dauert.«

25.   Vergebung

Freude, Licht und Leichtigkeit, aber auch Schwere und Traurigkeit liegen dicht beieinander. Bisher habe ich schon einiges auf meinem ganz eigenen Weg gelernt. Ich bin der Meinung, dass ich meinen Eltern und mir selbst vergeben habe und dies die Voraussetzung dafür war, dass mein Leben positiver verläuft als in der Vergangenheit, bis ich eines Tages mit fünf Frauen ein Erlebnis habe, das mich hoffentlich wirklich geheilt leben lässt.

Es ist Samstag und ich treffe mich mit Maria, Kristin, Karin und Sarah bei Hannelore, der psychologischen Lebensberaterin, um uns zu entspannen, wohlzufühlen und aufzutanken.

»Hallo, Ihr Lieben, da seid Ihr ja. Ich bin so gespannt, was wir heute zusammen erleben werden. Ich habe so einiges vorbereitet. Kommt herein!«

Alle fünf strömen mit ihren Taschen, in denen sich Decken, Kissen, Strümpfe und Tupperdosen verstecken, in das Treppenhaus. Von dort aus gehen sie in ihren Seminarraum, der angenehm nach Rosen duftet. Jeder breitet sich auf einem gewählten Platz aus. In der Mitte des Raumes liegt ein kleiner, roter und runder Teppich mit dem Motiv der Blume des Lebens.

»So, ihr Lieben, dann dürft ihr euch hinlegen. Wir beginnen mit Tönen von meinem Klangstuhl und den Klangschalen, damit ihr erst einmal ankommt, einverstanden?«

Alle antworten mit ja.

»Wenn ihr irgendetwas sagen oder unterbrechen wollt, ist es okay. Jede Störung hat Vorrang.«

Die ersten drei Stunden vergehen wie im Fluge. In der Mittagspause wird das mitgebrachte Essen verzehrt und wir unterhalten uns ein wenig. Nach einer halben Stunde geht es weiter. Hannelore ist äußerst intuitiv und achtet sehr darauf, welche Meditationen oder Handlungen für alle stimmig sind. Der rote Teppich dient als Schutzraum, auf den jeder von uns, der möchte, sich einzeln stellen und aussprechen kann und darf, was ihn jetzt im Moment bewegt, ohne dass irgendjemand einen Kommentar oder Urteile dazu abgibt.

»Mag sich jemand von euch auf den Teppich setzen und mitteilen, was sie gerade fühlt und ihr zu Herzen geht oder was sie irgendjemandem Wichtiges sagen möchte? Wir stellen uns nun alle zusammen in einem Kreis um den Teppich herum und bitten unsere unsichtbaren Helfer um Unterstützung. Jeder für sich und stumm oder leise.«

Ich fühle mich sicher und aufgehoben. Den anderen scheint es auch so zu gehen. Sarah setzt sich auf den Teppich. Ihre Mutter hat vor einem Monat Selbstmord begangen und sie ist darüber sehr traurig.

Sie spricht: »Warum hast du das getan? Ich verstehe es nicht. Ich versuche, es zu akzeptieren, aber ich kann dir nicht vergeben. Ich versuche es. Es geht nicht! Noch nicht!«

Sarah weint und weint, bis sie sich beruhigt hat. Hannelore sagt zu ihr:

»Komm, leg dich erstmal hin und mache eine Pause. Möchte von euch anderen noch jemand auf den Teppich?«

Ich stehe davor und wünsche der Seele von Sarahs Mutter Frieden, Licht und Liebe. Es berührt mich zutiefst. Ich spüre den Impuls, mich auch in die Mitte des Teppichs zu setzen. Mein Kopf ist jetzt ganz leer. Ich setze mich. Dann kommt es schlagartig aus meinem Mund, ohne dass ich darüber nachdenken kann:

»Ich möchte meiner Herkunftsfamilie und gleichzeitig meinen Ahnen und den Toten vergeben, die mir ihre Lasten auf meine Schultern gelegt haben. Meine Töchter sollen in Ruhe und von den Traumata unbelastet leben dürfen!«

Ich weine wie ein Schlosshund, kann gar nicht mehr aufhören. Hannelore legt mitfühlend ihre Hand auf meinen Rücken. Langsam beruhige ich mich und ich fühle mich befreit.

»Am besten legst du dich auch ein wenig hin und spürst nach.«

Das tue ich. Kristin und danach Maria setzen sich ebenfalls auf den Teppich und sprechen ihre Themen aus. Jeder Einzelnen ist das alles sehr nahe gegangen und wir sind völlig erschöpft. Damit endet das Seminar. Es gibt noch einen Tee. Keine möchte mehr sprechen. Alle verabschieden sich voneinander und fahren nach Hause. Dieses Erlebnis wird lange nachwirken.

26. Im Hier und Jetzt

Jeden Montag, außer in den Ferien, fahre ich zu Hannelore, bei der ich wunderbar entspannen kann. Es werden Fantasiereisen und Meditationen durchgeführt, die mich in Kontakt mit meinem Inneren bringen. Alleine zu Hause habe ich selten Ruhe. Ich freue mich jedes Mal auf diese kurze Zeit. Die Anzahl der Teilnehmerinnen variiert zwischen vier und sechs Frauen. Nach einem arbeitsreichen Tag hilft diese Entspannung meistens jeder, um von ihrem Alltag abzuschalten und auch von ihren Problemen zu erzählen. Es ist ein vertrauter Kreis, in dem gelacht, geweint und auch geschimpft werden darf.

Maria befindet sich in einem schmerzhaften Scheidungsprozess, Kristin hat die Krankheit des Diabetes angenommen und akzeptiert, Amelie ist Erzieherin in einer Kindertagesstätte mit schwierigen Kindern und Eltern. Ständig steckt sie sich bei den Kindern mit einem Virus an und ist darüber sehr unglücklich.

Ich selbst überlege, eventuell mit meiner Teilnahme zu pausieren. Mir geht das Spirituelle zur Zeit sehr auf die Nerven. Ich glaube, ich befinde mich in einem Prozess, der mich am Ende aber wieder auf den für mich passenden Weg bringt. Wir vier werden von Hannelore persönlich begrüßt und in ihren Seminarraum eingeladen. Dort liegen schon ihre Klangschalen und Orakelkarten oder Ähnliches bereit. Ein schöner Blumenstrauß und Düfte vervollständigen das warme Ambiente.

Jede legt sich ihre Matte bereit und zu Beginn wird gefragt, wie es heute allen geht und was für Wünsche jede für die Meditation mitbringt.

»Ich bin von dem ganzen Spirituellen so genervt, ich überlege ernsthaft, ob ich eine Pause einlege. Grundsätzlich hilft es mir ja, ich glaube, ich bin im Moment etwas überdrüssig und komme mir ein bisschen vor wie ein Außenseiter, der an allem irgendwas auszusetzen hat. Mir fehlt dieses Glaubensgen: Alles wird gut und trullala. Ich lebe irgendwo in der Realität, die ich anfassen kann und die ist wirklich nicht immer toll. Ständig habe ich eine andere Meinung zu allem und ich traue mich schon gar nicht mehr, die mitzuteilen, weil dann alle denken: Die schon wieder, nörgelt ständig über alles. Dabei empfinde ich es mittlerweile als positiv, weil ich dann wirklich mit mir im Kontakt bin und meine Gedanken und Gefühle aussprechen kann, auch wenn es nicht jedem gefällt. Bei mir ist es nun mal nicht so, dass ich alles toll finde und alles glaube, was mir von anderen vorgesetzt wird. Naja, ich werde mir noch überlegen, ob ich tatsächlich ein bisschen pausiere oder nicht.«

Ich habe gesprochen und fühle mich jetzt erleichtert.

»Ja, meine Liebe. Ich frage mich selbst manchmal auch, ob ich die Entspannungsabende noch weiter anbieten soll. Ich gehe in mich und höre auf meine innere Stimme, die mir gesagt hat, dass ich bloß nicht aufhören soll, meine Hilfe und Unterstützung wird weiterhin benötigt. Es wird mir irgendwann oder vielleicht auch nicht, mitgeteilt, wann es reicht. Also, ich bin für euch da. Karla, bei dir spüre ich Respekt und Dankbarkeit für meine Arbeit. Wenn du wirklich eine Pause benötigst, dann nimm sie dir. Danach kannst du mit neuen Inspirationen vielleicht weiter teilnehmen.«

Da Hannelore sehr intuitiv ist, hat sie ein Gespür für die inneren Gefühlswallungen der Freundinnen. Meistens passt es, was sie sagt, denke ich. Allerdings kann man sich auch sehr täuschen! Deswegen bin ich manchmal sehr kritisch und skeptisch. Ist gut so, der Verstand gehört einfach dazu. Ich werde ihn auch nicht ausblenden. Ich hinterfrage sehr viel und möchte selbst bestimmen, was ich glaube und was nicht. Da bin ich im Laufe der Zeit sehr eigensinnig geworden. Dieser Eigensinn beflügelt mich und stärkt mein Selbstbewusstsein. Ich will mir nicht mehr von anderen einreden lassen, was gut für mich ist und was nicht.

Als Kind war ich jeden Tag draußen, dachte mir Geschichten aus, spielte im Garten und Umgebung. Den Garten umgab ein riesiges Gerstenfeld, in dem man die Möglichkeit hatte, sich zu verstecken. Das war schön und ich habe es geliebt, dort herumzustreifen. Ein kleiner Bach war vorhanden, Bäume, auf die man klettern konnte, was ich ausgiebig genutzt habe. In den Bach wurden Papierboote gesetzt und im Sommer die Füße hineingetaucht, wenn es heiß war. Diese Aktionen wurden oft von den Nachbarskindern und Freundinnen begleitet. Wir alle hatten viel Spaß. Nach der Schule und den Hausaufgaben ging es sofort nach draußen. Unsere Eltern kümmerten sich nicht darum, was wir im Garten veranstalteten. Zum Abendessen tauchten die Kinder aus ihren Spielen wieder auf und erfreuten sich genüsslich am Brot, das es zu essen gab.

Wie lange ist das schon her?

Alte Glaubensmuster prägen mich immer noch, obwohl ich versuche, diese aufzulösen. Es ist schwierig. In der Kindheit wurden sie verinnerlicht und später müssen sie erstmal ins Bewusstsein dringen, damit sie bearbeitet werden können. Das ist sehr anstrengend und lässt mich leider immer wieder in alte Muster zurückfallen. Trotzdem fühle ich mich mittlerweile wie ein verwandelter Mensch. Im Rückblick gesehen, habe ich immer die richtigen Menschen getroffen, die mich unterstützt und ermutigt haben, durchzuhalten. Auch wenn es Jahre dauert und der Weg bis zum Ziel zeitweise sehr beschwerlich ist, es lohnt sich! Am Ende des Tunnels wartet das Licht, das einem die Freude und Lebenslust zurückbringt. Ich versuche, im Hier und Jetzt zu leben. Das gelingt mir immer öfter und besser. Ich setze Grenzen gegenüber anderen und will mich nicht mehr länger selbst verleugnen. Meine Lebensenergie steigt an und ich habe mir vorgenommen, mich nicht mehr zu verbiegen. Falls doch einmal wieder ein Rückschlag droht, weiß ich, dass ich mit Ausdauer und erneutem Lernen viel bewegen kann. Mittlerweile befinde ich mich auf meinem eigenen, selbstbestimmten Weg, der lange, lange Zeit hauptsächlich fremdbestimmt war.

Selbstbestimmung, Mut und Eigensinn helfen gegen Depressionen. Meine eigene Entwicklung und mein inneres Wachstum und Erkenntnisse wurden durch die Krise gestärkt, auch wenn ich während des tiefsten Tales rein gar nichts Positives erkennen konnte.

»Ich glaube, ich nehme doch weiterhin teil. Wahrscheinlich befinde ich mich im Moment in einem Prozess, der mich das Loslassen, von was auch immer, lehren will. Dieses Wort, loslassen, ist so ein Blender. Was bedeutet das denn konkret? Es wird so viel darüber geredet, aber ich habe manchmal das Gefühl, dass keiner so richtig weiß, was sich dahinter verbirgt. Ich glaube, es heißt so annehmen und akzeptieren, wie es zurzeit ist. Wenn ich den Impuls für eine Veränderung spüre, dann gehe ich weiter und lasse das, was jetzt ist, hinter mir. Danach kann ich das Neue akzeptieren und annehmen. Für mich bedeutet dies loslassen. Solche Schlagwörter gehen mir auf die Nerven. Angeblich ist alles, was ich real mit meinen Augen sehe, Illusion. Was heißt denn das schon wieder? Verstehe ich nicht. Manches ist wirklich sehr schwammig und ich weiß auch nicht, ob das jeder, der ständig davon spricht, es versteht. Ich habe genug geredet. Also, ich bleibe erstmal.«

»Das ist sehr schön, meine Liebe. Was sagen denn die anderen dazu?«

Maria, Kristin und Amelie erzählen von ihren Eindrücken. Ich bin zufrieden. Ich wurde verstanden, das ist die Hauptsache. Manchmal verstehe ich mich selbst nicht, aber zunächst scheint mir alles in Ordnung zu sein. Viele Herausforderungen, die gemeistert werden wollen, lassen uns lebendig sein. Bisher habe ich sie gut bewältigt.

Das Leben ist ein Geschenk!

Hannah Laerkin ist ein Pseudonym.

Der Roman, in Anlehnung an ihre eigene Familiengeschichte, wird zum ersten Mal veröffentlicht.

2018